mitologia
NÓRDICA

mitologia NÓRDICA

H.A. Guerber

TRADUÇÃO DE
ALEXANDRE BARBOSA DE SOUZA

VOLUME II

EDITORA
NOVA
FRONTEIRA

Título original: *Myths of the Norsemen: From the Eddas and Sagas*

Direitos de edição da obra em língua portuguesa no Brasil adquiridos pela EDITORA NOVA FRONTEIRA PARTICIPAÇÕES S.A. Todos os direitos reservados. Nenhuma parte desta obra pode ser apropriada e estocada em sistema de banco de dados ou processo similar, em qualquer forma ou meio, seja eletrônico, de fotocópia, gravação etc., sem a permissão do detentor do copirraite.

EDITORA NOVA FRONTEIRA PARTICIPAÇÕES S.A.
Rua Candelária, 60 – 7º andar – Centro – 20091-020
Rio de Janeiro – RJ – Brasil
Tel.: (21) 3882-8200

IMAGEM DE CAPA:
Christiane Mello e Karina Lopes | ESTÚDIO VERSALETE
(Composição feita a partir dos desenhos presentes no painel externo da Igreja de Urnes, Noruega.)

DADOS INTERNACIONAIS DE CATALOGAÇÃO NA PUBLICAÇÃO (CIP)
(CÂMARA BRASILEIRA DO LIVRO, SP, BRASIL)

Guerber, Hélène A.
  Mitologia nórdica — Volume II / Hélène A. Guerber ; tradução Alexandre Barbosa de Souza. — 1. ed. — Rio de Janeiro : Nova Fronteira, 2021.

  216 p.
  Título original: Myths of the Norsemen: From the Eddas and Sagas
  ISBN 978-65-56401-19-5

  1. Deuses 2. Magia 3. Mitologia nórdica 4. Rituais
  I. Título.

20-55216   CDD-220.95

ÍNDICES PARA CATÁLOGO SISTEMÁTICO:
1. Mitologia nórdica : Religião 293.13
Aline Graziele Benitez - Bibliotecária - CRB-1/3129

XIX. HEL, 7

XX. AEGIR, 17

XXI. BALDER, 33

XXII. LOKI, 55

XXIII. OS GIGANTES, 71

XXIV. OS ANÕES, 81

XXV. OS ELFOS, 91

XXVI. A SAGA DE SIGURD, 99

XXVII. A SAGA DE FRITHIOF, 143

XXVIII. O CREPÚSCULO DOS DEUSES, 179

XXIX. MITOLOGIAS GREGA E NÓRDICA: UMA COMPARAÇÃO, 195

Hel

XIX

A descendência de Loki

Hel, deusa da morte, era filha de Loki, deus do mal, e da giganta Angrboda, pressagiadora da doença. Ela veio ao mundo em uma caverna escura em Jotunheim ao mesmo tempo que a serpente Jormungandr e o terrível lobo Fenrir, trio considerado emblema da dor, do pecado e da morte.

> *Eis Loki, causa de toda moléstia!*
> *Homens e Aesir ainda o detestam.*
> *Os deuses há muito deploram,*
> *Até que o Tempo se esgote,*
> *Sua fraude vil em Asgard.*
> *Enquanto em Jotunheim, decaídos*
> *Eis Fenrir, Serpente e Hel temida,*
> *Dor, Pecado e Morte, seus três filhos,*
> *Criados e queridos; por meio deles,*
> *Torturador do mundo ele seria.*
> VALHALLA, J.C. JONES

No tempo, Odin se deu conta da estirpe terrível que Loki engendrara e decidiu, como vimos, bani-la da face da terra. A serpente foi, portanto, lançada ao mar, onde suas contorções, segundo se acreditava, causavam as mais terríveis tempestades. O lobo Fenrir foi preso com correntes, graças ao destemido Tyr, enquanto Hel (ou Hela) foi atirada nas profundezas de Niflheim, onde Odin lhe deu o poder sobre nove mundos.

IMAGEM
A estrada para Valhala
SEVERIN NILSSON

Hela em Niflheim atiraste,
E lhe deste os nove mundos escuros,
Rainha, imperatriz de todos os mortos.
BALDER DEAD [BALDER MORTO], MATTHEW ARNOLD

O reino de Hel em Niflheim

Esse domínio, que supostamente se situava embaixo da terra, só podia ser alcançado após uma penosa viagem pelas estradas mais acidentadas nas regiões frias e escuras do extremo Norte. O portão era tão distante de qualquer morada humana que até mesmo Hermod, o Veloz, montado em Sleipnir, precisava viajar nove longas noites até chegar ao rio Giöll, o qual marcava o limite de Niflheim. Sobre esse rio havia uma ponte de cristal e ouro suspensa por um único fio de cabelo, constantemente vigiada pela sombria caveira Mödgud, que fazia todo espírito pagar uma taxa em sangue antes de permitir sua passagem.

A ponte de vidro pendurada num fio de cabelo
Lançada sobre o rio terrível —
Rio Giöll, fronteira de Hel.
Ali ficava a donzela Mödgud,
Esperando para extrair a taxa em sangue —
Donzela horrenda à visão,
Descarnada, trajando pálio e mortalha.
VALHALLA, J.C. JONES

Os espíritos atravessavam a ponte nos cavalos ou nas carruagens que haviam sido queimadas na pira funerária com os mortos para servir àquele propósito. Os povos nórdicos eram muito cuidadosos em amarrar nos pés dos defuntos um forte par de sapatos, chamados Helskór, sapatos de Hel, para que não sofressem durante a longa jornada pelas estradas acidentadas. Pouco depois da ponte Giallar, o espírito chegava a Jarnvidr, a floresta de ferro onde só havia árvores nuas e com folhas de ferro, e, ao atravessá-la, alcançava o portão de Hel, ao lado do qual ficava o feroz e ensanguentado cão de guarda Garm, agachado em um buraco escuro conhecido como caverna Gnipa. A fúria desse monstro só podia ser apaziguada pela oferta de um bolo de Hel, que nunca faltava àqueles que sempre davam pão aos necessitados.

Alto late Garm
Diante da caverna Gnipa.
SÆMUND'S EDDA [EDDA DE SEMUNDO] (TRADUÇÃO INGLESA DE THORPE)

Do lado de dentro do portão, em meio ao intenso frio e à escuridão impenetrável, ouvia-se o fervilhar do grande caldeirão Hvergelmir, e o fragor das geleiras no rio Elivagar e outros cursos d'água de Hel. Entre eles, estavam o rio Leipter, junto ao qual juras solenes eram feitas, e o rio Slid, em cujas águas turbulentas rolavam continuamente espadas desembainhadas.

Mais adiante nesse lugar lúgubre, ficava Elvidner (angústia), o salão da deusa Hel, onde o prato se chamava Fome e a faca, Ganância. "Ócio era o nome de seu marido, Preguiça sua criada, Ruína era o umbral de sua porta, Tristeza era seu leito, e Conflagração, suas cortinas."

Elvidner era o salão de Hela.
Gradeado, com imensa muralha;
Horrível e alto palácio!
Fome era sua mesa nua;
Desperdício, seu talher; seu leito, Carência aguda;
Angústia ardente, seu repasto;
Ossos brancos cada comensal;
Praga e Penúria cantavam suas runas
Mescladas às duras canções da Amargura.
Miséria e Agonia
Sempre haverá na casa de Hel!
VALHALLA, J.C. JONES

Essa deusa tinha muitas moradas diferentes para os convidados que chegavam dia a dia, pois ela recebia não apenas os perjuros e criminosos de todos os tipos, mas também aqueles desgraçados o suficiente para terem morrido sem derramar sangue. Aos domínios de Hel, eram destinados também aqueles que morriam de velhice ou doença — morte que era desdenhosamente chamada de "morte na palha", material do qual em geral eram feitas as camas.

Temperados pelo gelo,
Pela tempestade e o trabalho, seus nervos, filhos
Daqueles cujo terror era a morte sem sangue.
LIBERTY [LIBERDADE], JAMES THOMSON

Ideias da vida futura

Embora os inocentes fossem bem tratados por Hel e desfrutassem de um estado de êxtase negativo, não é de espantar que os moradores do Norte temessem a ideia de visitar sua morada soturna. E enquanto os homens preferiam se cravar com a ponta da lança, se atirar de um precipício ou se incendiar antes que a vida se extinguisse, as mulheres não se furtavam de medidas igualmente heroicas. No extremo de sua tristeza, elas não hesitavam em se atirar do alto de uma montanha ou se deixar cair sobre as espadas que recebiam no dia do casamento, para que seus corpos pudessem ser queimados com os de seus amados e, assim, seus espíritos libertos se encontrassem no lar luminoso dos deuses.

Outros horrores, contudo, aguardavam aqueles cujas vidas haviam sido criminosas ou impuras. Esses espíritos eram banidos para Náströnd, a praia dos cadáveres, onde vadeavam em córregos gelados de veneno, através de uma caverna feita de serpentes cujas presas peçonhentas ficavam viradas para eles. Depois de sofrerem agonias inauditas ali, eles eram levados pela correnteza até o caldeirão Hvergelmir, onde a serpente Nidhug deixava por um momento de roer a raiz da árvore Yggdrasil para se alimentar dos ossos deles.

Um salão existia
Longe do sol
Em Náströnd;
De portas abertas ao Norte,
Caem gotas de veneno

Por suas aberturas;
Entrelaçado salão
De dorsos de serpentes.
Ela ali viu vadear
Riachos vagarosos
Homens sanguinários
E perjuros,
E aquele que cobiça
A esposa alheia.
Ali Nidhug suga
Os corpos dos mortos.
SÆMUND'S EDDA [EDDA DE SEMUNDO] (TRADUÇÃO INGLESA DE THORPE)

Pestilência e fome

A própria Hel às vezes deixava sua morada desolada para percorrer a terra em seu cavalo branco de três patas. Nos tempos de pestilência e fome, se parte dos moradores de um distrito escapava, dizia-se que ela usara um rastelo e, quando aldeias e províncias inteiras eram despovoadas, como no caso da epidemia histórica da Peste Negra, dizia-se que ela passara a cavalo com uma vassoura.

Os povos nórdicos imaginavam também que os espíritos dos mortos tinham às vezes permissão de voltar a visitar a terra e aparecer aos parentes, cuja tristeza ou alegria os afetava mesmo depois da morte. Conta-se na balada dinamarquesa de Aager e Else que um amante morto pede à amada um sorriso, para que seu caixão possa se encher de rosas em vez de gotas de sangue coagulado produzidas pelas lágrimas dela.

"Agora escute, meu bom Aager!
Amado noivo, tudo o que desejo
É saber o que se passa contigo
Na sepultura, lugar tão ermo."

"Toda vez que te alegras
E ficas feliz em pensamento,

Os recantos da solitária sepultura
De pétalas de rosas se enchem."

"Toda vez, amor, que choras,
E derramas rio salgado,
Os recantos da solitária sepultura
Enchem-se de sangue coagulado."
BALLAD OF AAGER AND ELSE [BALADA DE AAGER E ELSE]
(TRADUÇÃO INGLESA DE H.W. LONGFELLOW)

Aegir

O deus do mar

Além de Nijord e Mimir, ambas divindades do oceano — o primeiro representando o mar junto à costa e o outro, o oceano primordial de onde todas as coisas teriam surgido —, os povos nórdicos reconheciam outro regente do mar, chamado Aegir ou Hler, que morava ora nas frias profundezas de seu domínio líquido, ora na ilha de Laeso, no estreito de Categate, ou ilha de Hler.

Sob o domo aquático,
Com cristalino esplendor,
Em radiante grandeza,
Ergue-se o lar do deus do mar.
Mais ofuscante que a espuma das ondas
Jamais cintilou nas grutas profundas,
As areias brancas de seu assoalho,
Como em lago plácido, ondulam.
VALHALLA, J.C. JONES

Aegir (o mar), como seus irmãos Kari (o ar) e Loki (fogo), pertencia a uma dinastia mais antiga de deuses. Não fazia parte nem dos Aesir, nem dos Vana, dos gigantes, anões ou elfos, mas era considerado onipotente no interior de seu domínio.

Acreditava-se que ele causava e acalmava as grandes tempestades que varriam as profundezas, e era representado como um velho muito magro, com longas barbas e cabelos brancos, dedos em garra sempre tentando agarrar tudo convulsivamente, como se ansiasse por ter todas as coisas. Ele só aparecia sobre as ondas para perseguir, virar embarcações e, tomado pela ganância, arrastá-las para o fundo do mar, uma vocação da qual se pensava que ele extraía um prazer demoníaco.

IMAGEM
Aegir
J.P. MOLIN

A deusa Ran

Aegir era casado com sua irmã, a deusa Ran, cujo nome significa "ladra", e que era tão cruel, gananciosa e insaciável quanto o marido. Seu passatempo favorito era espreitar entre rochedos perigosos, para onde atraía os marinheiros, e ali espalhar sua rede, seu pertence mais precioso. Então, depois de emaranhar os homens em sua teia e avariar seus barcos nos rochedos anfractuosos, ela calmamente os arrastava para o fundo de seu domínio desolado.

> *Nas fundas cavernas do mar*
> *Junto à costa rumorosa,*
> *Nas ondas velozes*
> *Quando ruge louca procela,*
> *Nos recessos verdes e frios*
> *Dos fiordes nórdicos,*
> *Ela espreita com olhos de ódio,*
> *Ela agarra, ela espalha,*
> *Sua teia, suas presas amealha.*
> STORY OF SIEGFRIED [HISTÓRIA DE SIEGFRIED], JAMES BALDWIN

Ran era a considerada deusa da morte de todos aqueles que morriam no mar, e os povos nórdicos imaginavam que ela entretinha os afogados em suas cavernas de coral, onde assentos eram dispostos para recebê-los e o hidromel era servido tão generosamente quanto em Valhala. A deusa também tinha uma grande predileção pelo ouro, que era chamado de "labareda do mar" e usado para iluminar seus salões. Essa crença se originou entre os marujos e se espalhou devido ao impressionante clarão fosforescente das ondas. Para conquistar as boas graças de Ran, os nórdicos sempre tomavam o cuidado de levar um pouco de ouro consigo sempre que havia algum perigo especial a ameaçá-los no mar.

> *Ouro, nas lidas amorosas,*
> *É poderoso e prazeroso;*
> *Quem desce de mãos vazias*

A Ran do mar azul,
Sente seus beijos frios,
Fugazes são seus abraços —
Mas nós, noiva do mar,
Desposamos com puro ouro.
VIKING TALES OF THE NORTH [CONTOS VIKINGS DO NORTE], R.B. ANDERSON

As Ondas

Aegir e Ran tiveram nove belas filhas, as donzelas das ondas ou apenas Ondas, cujos braços e colos níveos, longos cabelos dourados, olhos azul-escuros e figuras esbeltas e sensuais eram extremamente fascinantes. Essas donzelas adoravam brincar na superfície do vasto domínio do pai, vestidas com véus transparentes azuis, brancos ou verdes. Eram muito temperamentais e caprichosas, contudo, variavam de humores divertidos a contrariados e apáticos, e às vezes incitavam uma à outra até a beira da loucura, arrancando os cabelos e os véus, atirando-se desbragadamente em suas camas duras, as pedras, perseguindo-se com pressa frenética e gritando de alegria ou desespero. Mas essas donzelas raramente saíam para brincar, a não ser que o irmão, o Vento, estivesse fora, e, de acordo com o humor dele, elas eram gentis e divertidas ou ríspidas e tempestuosas.

As Ondas eram em geral vistas em trios, e dizia-se que elas brincavam em volta dos barcos dos vikings que favoreciam, afastando qualquer obstáculo de seu curso e ajudando-os a chegar rapidamente a seus destinos.

E as filhas de Aegir, em véus azuis adornadas,
O leme fazem virar, e apressam sua fuga.
VIKING TALES OF THE NORTH [CONTOS VIKINGS DO NORTE], R.B. ANDERSON

O caldeirão borbulhante de Aegir

Para os anglo-saxões, o deus do mar Aegir era conhecido pelo nome de Eagor, e sempre que uma onda descomunal vinha quebrar na costa, os marujos costumavam gritar, como os barqueiros do rio Trent ainda fazem: "Atenção! Eagor está vindo!" Ele também era conhecido pelo nome de Hler (o protetor) entre os povos nórdicos, como também de Gymir (o ocultador), porque estava sempre pronto a esconder coisas nas profundezas de seu domínio, e nele se podia confiar que não revelaria os segredos confiados aos seus cuidados. E, como as águas do mar costumavam ser sibilantes e ciciantes, o oceano era muitas vezes chamado de caldeirão ou tonel borbulhante de Aegir.

Os principais ajudantes do deus eram Elde e Funfeng, emblemas da fosforescência do mar. Eles se destacavam pela rapidez e estavam sempre à espera dos hóspedes que Aegir convidava para seus banquetes no fundo do mar. Aegir às vezes deixava seus domínios para visitar os Aesir em Asgard, onde era sempre recebido como um rei, e adorava as muitas histórias de Bragi sobre as aventuras e realizações dos deuses. Incitado por essas narrativas, e também pelo borbulhante hidromel que as acompanhava, o deus certa vez arriscou convidar os Aesir para celebrar o banquete da colheita com ele na ilha de Hler, onde prometeu entretê-los.

Thor e Hymir

Surpreso com o convite, um dos deuses se aventurou a lembrar Aegir de que eles estavam acostumados a repastos sofisticados. O deus do mar então declarou que os deuses não precisavam se preocupar, pois ele tinha certeza de que seria capaz de prover um banquete para os apetites mais exigentes; porém, confessou não estar tão confiante quanto à bebida, pois seu caldeirão era um tanto pequeno. Ao ouvir isso, Thor de imediato se ofereceu para obter um caldeirão adequado, e partiu com Tyr nessa empreitada. Os dois deuses rumaram na direção Leste do rio Elivagar, na carruagem puxada pelas cabras de Thor e, deixando-a na casa do camponês Egil, pai de Thialfi, eles seguiram a pé até a casa do gigante Hymir, conhecido por ter um caldeirão com uma milha de profundidade e largura proporcional.

Ali habita a Leste
De Elivagar
O sábio Hymir,
Nos confins do céu.

Meu senhor, de fero humor,
Um caldeirão possui,
Vasta caçarola,
De uma milha de altura.
SÆMUND'S EDDA [EDDA DE SEMUNDO] (TRADUÇÃO INGLESA DE THORPE)

Só as mulheres estavam em casa, no entanto, e Tyr reconheceu a mais velha, uma senhora feiosa de novecentas cabeças; era sua própria avó; enquanto a mais nova, uma bela giganta jovem, era aparentemente sua mãe, e recebeu o filho e seu companheiro com hospitalidade, lhes oferecendo uma bebida.

Quando soube o motivo da visita, a mãe de Tyr pediu que eles se escondessem embaixo de alguns caldeirões gigantes, que ficavam guardados sobre uma viga de madeira nos fundos do salão, pois seu marido Hymir era muito afobado e muitas vezes matava seus futuros convidados com um único olhar maligno. Os deuses rapidamente seguiram seu conselho, e, assim que se esconderam o velho gigante Hymir chegou. Quando a esposa lhe contou sobre os visitantes, ele franziu o cenho e olhou com tanta ira para seu esconderijo que a viga se rachou e os caldeirões caíram no chão, partindo-se em pedaços, com exceção do maior.

Estilhaçou-se a viga
Ao olhar do Jotun;
Primeiro a madeira
Partiu-se em duas.
Oito panelas caíram,
Mas apenas uma,
Um caldeirão bem malhado,
Restou inteira.
SÆMUND'S EDDA [EDDA DE SEMUNDO] (TRADUÇÃO INGLESA DE THORPE)

A esposa do gigante, contudo, convenceu o marido a receber Tyr e Thor, e ele matou três bois para a refeição; mas grande foi sua tristeza ao ver o deus do trovão comer dois desses bois no jantar. Resmungando que iria pescar de manhã cedo para garantir o desjejum para um convidado tão voraz, o gigante se retirou para descansar. Quando amanheceu o dia seguinte e ele desceu para a costa, foi acompanhado por Thor, que disse querer ajudá-lo. O gigante mandou Thor arranjar a própria isca, ao que o deus friamente matou Himinbrioter (rompe-céus), o maior boi de seu anfitrião e, cortando-lhe a cabeça, embarcou com ela e começou a remar pelo mar afora. Em vão, Hymir alertou que haviam chegado ao local onde costumava pescar e que podiam encontrar a terrível Serpente de Midgard se avançassem daquele ponto; Thor insistiu em continuar remando, até chegar a um trecho de mar que julgava estar diretamente acima do monstro.

> *No fundo escuro do grande lago salgado,*
> *Aprisionada, jaz a serpente gigantesca,*
> *Sem nada que perturbe seu sono melancólico.*
> "THOR'S FISHING" [A PESCARIA DE THOR], ADAM OEHLENSCHLÄGER
> (TRADUÇÃO INGLESA DE PIGOTT)

Usando a cabeça do boi como isca, Thor se pôs a tentar pescar Jormungandr, enquanto o gigante capturava duas baleias, que lhe pareceram o suficiente para o desjejum. Ele estava prestes a propor que voltassem, portanto, quando Thor subitamente sentiu uma fisgada e começou a puxar com toda a força, pois sabia, pela resistência da presa e pela terrível tormenta criada pelos movimentos frenéticos, que havia fisgado a Serpente de Midgard. Em seu empenho decidido de obrigar a serpente a subir à superfície, o deus firmou os pés com tanta força contra o fundo do barco que eles atravessaram o convés e se fincaram no fundo do mar.

Depois de uma luta indescritível, a terrível cabeça monstruosa de hálito venenoso apareceu. Thor, tomando o martelo, estava prestes a aniquilá-la quando o gigante, apavorado com a proximidade de Jormungandr e temendo que o barco afundasse e ele se tornasse presa do monstro, cortou a linha de pesca, permitndo assim que a serpente voltasse, tombando como uma pedra, para o fundo do mar.

A faca prevalece: muito abaixo do mastro
A serpente, de dor e labuta exausta,
Retorna ao fundo do mar.
"THOR'S FISHING" [A PESCARIA DE THOR], ADAM OEHLENSCHLÄGER (TRADUÇÃO INGLESA DE PIGOTT)

Furioso com Hymir pela interferência inoportuna, Thor nele desferiu um golpe de martelo que o lançou por cima da amurada; porém Hymir, inabalável, nadou até o raso e encontrou o deus voltando à praia. O gigante então pegou as duas baleias, seu espólio, para levá-las para casa, enquanto Thor, querendo mostrar sua força, levou nas costas o barco, os remos e o equipamento de pesca, e seguiu atrás dele.

Servido o desjejum, Hymir desafiou Thor a provar sua força quebrando seu copo; mas embora o deus do trovão o atirasse com força irresistível contra os pilares e paredes de pedra, o copo permanecia inteiro e nem sequer amassava. Obedecendo a um sussurro da mãe de Tyr, contudo, Thor subitamente lançou o copo contra a testa do gigante, a substância mais dura existente, e o copo caiu estilhaçado no chão. Hymir, havendo assim testado a força do deus do trovão, disse que ele podia levar o caldeirão que os dois deuses tinham ido buscar, mas Tyr tentou em vão erguer o caldeirão do chão, e Thor só conseguiu depois de apertar seu cinturão da força até o último furo.

Duas vezes Tyr tentou
Mover o caldeirão,
Mas em nenhuma
O caldeirão arrastou.
Até que o pai de Modi
Pegou pela borda o caldeirão
E o arrastou
Pelo chão da habitação.
LAY OF HYMIR [LAI DE HYMIR] (TRADUÇÃO INGLESA DE THORPE)

A alavanca que ele usou para enfim erguer o caldeirão provocou grande estrago na casa do gigante, e seus pés furaram o assoalho. Quando Tyr e Thor estavam saindo, com este levando o imenso caldeirão na cabeça como se fosse um chapéu, Hymir convocou seus irmãos gigantes de gelo e propôs que eles perseguissem e matassem seu inimigo inveterado. Virando-se, Thor de repente se deu conta da perseguição e, lançando Mjölnir várias vezes contra os gigantes, matou todos eles antes que tivessem a oportunidade de alcançá-lo. Tyr e Thor seguiram viagem de volta a Aegir, levando o caldeirão em que este prepararia a bebida para o banquete da colheita.

A explicação física desse mito é, evidentemente, uma tempestade com trovões (Thor) em conflito com o mar agitado (a Serpente de Midgard) e a ruptura do gelo polar (o copo de Hymir e o assoalho) com o calor do verão.

Os deuses então puseram seus trajes festivos e foram alegremente ao banquete de Aegir. Desde esse episódio, eles passaram a celebrar a colheita nas cavernas coralinas do deus do mar.

Vanir e Aesir, deuses sem par,
Da terra e do ar, senhores de Asgard –
Seguindo com suas belas deusas,
Brilhante séquito, tão formoso –
Também incluindo Odin poderoso,
Marchou pelo salso salão onduloso.
VALHALLA, J.C. JONES

Divindades mal-amadas

Aegir, como vimos, reinava sobre o mar com a ajuda da traiçoeira Ran. Ambas as divindades eram consideradas cruéis pelos povos nórdicos, que sofriam muito com o mar, o qual, cercando-os por todos os lados, penetrava o coração de suas terras através de numerosos fiordes e muitas vezes engolia os barcos dos vikings com toda a tripulação de guerreiros.

Outras divindades do mar

Além dessas principais divindades do mar, os povos nórdicos acreditavam em tritões e sereias. Muitas histórias são contadas sobre sereias que se despiam por um momento de sua plumagem de cisne ou trajes de foca, deixando-os na praia para serem encontrados por mortais, que eram assim capazes de obrigar as belas donzelas a permanecerem em terra firme.

Ela veio nas ondas com a lua cheia
(Sargaço de onda e espuma do mar);
Ela veio quando eu andava só na praia,
Coração leve como um coração pode ser.
L.E.R.

Havia também monstros marinhos malignos conhecidos como Nicors, de cujo nome derivou-se o proverbial Old Nick [Velho Nick], apelido do diabo. Muitas divindades aquáticas menores tinham rabo de peixe; as femininas eram chamadas Ondinas e as masculinas, Stromkarls, Nixes, Necks ou Neckar.

Onde nos manguezais gritam abibes,
Nixe, desalmado, senta com seu alaúde,
Inconsolável, sem amigo ou inimigo,
Geme sua sina, Nixe, desalmado.
BROTHER FABIAN'S MANUSCRIPT [MANUSCRITO DO IRMÃO FABIAN],
SEBASTIAN EVANS

Na Idade Média, acreditava-se que esses espíritos aquáticos às vezes deixavam seus cursos d'água para aparecer nos bailes das aldeias, onde eram reconhecidos pela barra úmida de seus trajes. Elas costumavam sentar-se ao lado de um córrego ou rio, tocando uma harpa ou entoando canções sedutoras, enquanto penteavam seus longos cabelos dourados ou verdes.

Nixe aqui toca sua harpa no castelo de vidro,
E sereias penteiam como sempre seus cabelos verdes,
E aqui alvejam o branco de seus cintilantes trajes.
STAGNELIUS (TRADUÇÃO INGLESA DE KEIGHTLEY,
EM *THE FAIRY MYTHOLOGY*)

Nixes, Ondinas e Stromkarls eram criaturas particularmente gentis e amáveis, sempre muito ansiosas para obter repetidas garantias de sua salvação final.

Muitas histórias são contadas sobre crianças que as encontravam brincando às margens de um rio e as provocavam com a futura danação, ameaça que invariavelmente convertia a música alegre em gemidos plangentes. Muitas vezes sacerdotes ou crianças, percebendo o equívoco e tocados pela agonia de suas vítimas, voltavam correndo ao rio e prometiam aos espíritos aquáticos dos dentes verdes se redimir no futuro, e assim sempre retomavam as melodias felizes.

Conheces as Nixes, alegres e belas?
Seus olhos são negros, têm verdes cabelos –
Nas margens de juncos, espreitam.
MATHISSON (TRADUÇÃO INGLESA DE KEIGHTLEY, EM *THE FAIRY MYTHOLOGY*)

Ninfas dos rios

Além de Elf ou Elb — o espírito das águas que deu nome ao rio Elba na Alemanha — o Neck, do qual se originou o nome do rio Neckar, e o velho Pai Reno, com suas inúmeras filhas (afluentes), a mais famosa das divindades aquáticas menores é Lorelei, a donzela sereia sentada sobre a pedra de mesmo nome perto de Sankt Goarshausen, no Reno, cuja sedutora canção atraiu muitos marinheiros para a morte. As lendas a respeito dessa sereia são de fato muito numerosas, sendo uma das mais antigas a seguinte.

Lendas de Lorelei

Lorelei era uma ninfa das águas imortal, filha do Pai Reno. Durante o dia, ela vivia nas profundezas frias do leito do rio, mas tarde da noite aparecia ao luar, sentada no alto de uma pedra, à vista de todos que subiam ou desciam o rio. Às vezes, a brisa do entardecer levava algumas notas de sua canção aos ouvidos dos barqueiros, quando, esquecendo tempo e espaço ao ouvir a encantadora melodia, eles se deixavam arrastar contra as pedras agudas e acidentadas, nas quais pereciam.

*Lá em cima sentava uma donzela
De maravilhosa figura, bela;
De joias cintilantes trançava
Seus cabelos dourados:
Com pente áureo preparava,
Enquanto uma canção entoava;
Um caprichoso fardo tinha
Aquela melodia selvagem.*

*Os barqueiros nos barquinhos
Ouvem a canção, enfeitiçados;
Ah! O que deve ele ofertar
Ao perigo que o cerca?
As águas fundas os devoraram,
Cada barco e barqueiro
Isso a eles causou a canção de Lorelei
Sob as ondas espumantes.*

DIE LORELEI, HEINRICH HEINE (TRADUÇÃO INGLESA DE SELCHER)

Dizem que apenas uma pessoa viu Lorelei de perto. Era um jovem pescador de Oberwesel, que a encontrava toda tarde junto ao rio e passava algumas horas de prazer com ela, embriagando-se com sua beleza e ouvindo sua canção arrebatadora. Segundo a tradição, antes de se separarem, Lorelei apontava os lugares onde o rapaz devia jogar suas redes no dia seguinte — instruções que ele sempre obedecia e que invariavelmente lhe traziam sucesso.

Uma noite, o jovem pescador foi visto caminhando em direção ao rio, mas, como não retornou, fizeram uma busca por ele. Sem encontrar nenhuma pista de seu paradeiro, os crédulos teutões disseram que Lorelei o havia arrastado para suas cavernas de corais para que pudesse desfrutar de sua companhia para sempre.

Segundo outra versão, Lorelei, com suas melodias fascinantes vindas das rochas escarpadas, atraía tantos pescadores para a morte no fundo do Reno que uma força armada certa vez foi enviada ao anoitecer para cercá-la e capturá-la. Mas a ninfa das águas lançou um encanto tão poderoso sobre o capitão e seus homens que eles não puderam mover as mãos nem os pés. Enquanto ficaram imóveis ao lado dela, Lorelei se despiu de seus ornamentos e atirou-os nas ondas lá embaixo; então, entoando um encantamento, ela atraiu as águas até o topo do penhasco onde estava empoleirada, e, para o espanto dos soldados, as ondas trouxeram uma carruagem verde como o mar, puxada por corcéis de crinas brancas, na qual a ninfa embarcou e desapareceu. Alguns momentos depois, o Reno baixou ao seu nível usual, o encanto foi rompido, e os homens recuperaram os movimentos e voltaram para contar como seus esforços haviam sido frustrados. Desde então, no entanto, Lorelei nunca mais foi vista, e os camponeses dizem que ela até hoje se ressente do insulto sofrido e nunca mais sairá de suas cavernas de coral.

Os Neckar
J.P. MOLIN

capítulo

Balder

XXI

O mais amado

De Odin e Frigga, conta-se, nasceram gêmeos tão diferentes em caráter e aparência física quanto seria possível para dois irmãos. Höder, deus das trevas, era sombrio, taciturno e cego, como a escuridão do pecado, que ele simbolizava. Já seu irmão, Balder, o Belo, era cultuado como o puro e radiante deus da inocência e da luz. De sua fronte nívea e de seus cachos dourados pareciam sair raios de sol que alegravam os corações dos deuses e dos homens, pelos quais ele era igualmente amado.

> Dos doze em torno do trono de Odin,
> Balder, o Belo, sozinho,
> O deus sol, bom, puro e brilhante,
> Era amado por todos, pois a luz todos amam.
> VALHALLA, J.C. JONES

O jovem Balder atingiu plena maturidade com fantástica rapidez e logo foi admitido no conselho dos deuses. Fez sua morada no palácio de Breidablik, cujo telhado de prata se apoiava em pilares de ouro e cuja pureza era tamanha que nada vulgar ou sujo era permitido em seu interior. Ali ele vivia em perfeita união com sua jovem esposa Nanna (floração), filha de Nip (broto), uma deusa bela e encantadora.

O deus da luz era versado na ciência das runas, que estavam esculpidas em sua língua. Ele conhecia as muitas virtudes das ervas medicinais, uma das quais, a camomila, era chamada "testa de Balder", porque a flor era pura e imaculada como a fronte do deus. A única coisa oculta aos olhos radiantes de Balder era a percepção de seu destino final.

IMAGEM
Loki e Höder
C.G. QVARNSTRÖM

Sua morada
Breidablik, em cujos pilares gravou Balder
Encantos que evocam os mortos à vida.
Pois era sábio, e muitas artes curiosas,
Posturas de runas e ervas de cura, sabia;
Infeliz! mas uma arte não dominava,
Manter a salvo a própria vida e ver o sol.
BALDER DEAD [BALDER MORTO], MATTHEW ARNOLD

O sonho de Balder

Como era natural para Balder, o Belo, sorrir e ser feliz, os deuses ficaram muito perturbados quando um dia começaram a notar uma mudança em sua atitude. Aos poucos, a luz morreu em seus olhos azuis, um aspecto angustiado dominou seu semblante e seus passos ficaram pesados e lentos. Odin e Frigga, vendo a evidente depressão do filho amado, imploraram com ternura que ele revelasse o motivo de sua tristeza silenciosa. Balder, cedendo enfim à insistência aflita, confessou que seu sono, em vez de ser pacífico e restaurador como antes, vinha sendo estranhamente perturbado por sonhos obscuros e opressivos, que, embora ele não pudesse lembrar com clareza ao despertar, a todo o tempo o assombravam com uma vaga sensação de medo.

Àquele deus o sono
Era agora extrema aflição;
Seus sonhos alvissareiros
Pareciam ter ido embora.
LAY OF VEGTAM [LAI DE VEGTAM]
(TRADUÇÃO INGLESA DE THORPE)

Quando Odin e Frigga ouviram isso, ficaram muito preocupados, mas declararam que nada perturbaria seu filho querido por todos. Não obstante, quando os pais aflitos conversaram mais sobre o caso, admitiram que também vinham sendo oprimidos por estranhos presságios e, acreditando por fim que a vida de Balder estava realmente ameaçada, eles passaram a tomar providências para evitar o perigo.

Frigga mandou servos para todas as partes com a incumbência explícita de convencer todas as criaturas vivas, todas as plantas, metais, pedras — na verdade, cada coisa animada ou inanimada — a prestar um juramento solene de não fazer mal a Balder. Toda a criação de bom grado prestou o juramento, pois não havia nada na terra que não amasse o radiante deus. De modo que os servos voltaram e contaram a Frigga que todos haviam jurado conforme o pedido, com exceção do visco, que crescia no galho de carvalho diante do portão de Valhala. Porém o visco, acrescentaram, era uma coisa tão ínfima, tão inofensiva, que não se podia temer mal algum da parte dele.

Uma medida tomaram:
Eles enviaram
A todo ser existente
Um pedido de promessa
De a Balder não causar dano.
Juraram todas as espécies
Promessas de poupá-lo;
Frigga recebeu todos
Os seus juramentos e pactos.
SÆMUND'S EDDA [EDDA DE SEMUNDO] (TRADUÇÃO INGLESA DE THORPE)

Frigga então retomou o trabalho em sua roca com grande contentamento, pois se sentiu segura de que nenhum mal sobreviria ao filho que amava acima de todos.

A profecia da Vala

Odin, nesse ínterim, havia resolvido consultar uma das Valas ou profetisas mortas. Montado em seu Sleipnir de oito patas, ele cavalgou pela tremeluzente ponte Bifrost e pela estrada exaustiva que levava a Giallar e à entrada de Niflheim. Chegando lá, passou pelo portão de Hel e pelo cão Garm, alcançando a morada obscura de Hel.

Ergueu-se o rei dos homens com prontidão,
E logo selou seu corcel negro-carvão;

E cavalgou pela encosta tediosa,
Que leva à morada de Hela pavorosa.
DESCENT OF ODIN [A DESCIDA DE ODIN], THOMAS GRAY

Odin viu, para sua surpresa, que havia uma festa ocorrendo naquele lugar sombrio e que os assentos estavam cobertos com tapeçarias e anéis de ouro, como se algum convidado de honra estivesse sendo esperado. Mas se apressou, sem pausa, até chegar ao local onde a Vala jazia imóvel há muitos anos, quando começou a entoar solenemente um encantamento e a riscar runas que tinham o poder de ressuscitar os mortos.

Três vezes ditos, em tons tenebrosos,
Os versos vibrantes que os mortos acordam:
Até que do oco do chão
Subisse suspirado um taciturno som.
DESCENT OF ODIN [A DESCIDA DE ODIN], THOMAS GRAY

De súbito se abriu a sepultura, e a profetisa se levantou devagar, perguntando quem havia ousado perturbar seu longo descanso. Odin, sem querer que ela soubesse que era o poderoso pai dos deuses e dos homens, respondeu que se chamava Vegtam, filho de Valtam, e que ele a havia acordado para perguntar em homenagem a quem Hel estava preparando aquela festa com assentos especiais e banquete. Com voz cavernosa, a profetisa confirmou seus temores ao dizer que o convidado aguardado era Balder, o qual estava destinado a morrer pelas mãos de Höder, seu irmão, o deus cego da escuridão.

Höder para lá
O irmão glorioso enviará;
Ele de Balder será
O assassino,
E o filho de Odin
A vida perderá.

Fui obrigada a falar;
Agora me calarei.
SÆMUND'S EDDA [EDDA DE SEMUNDO]
(TRADUÇÃO INGLESA DE THORPE)

Apesar da evidente relutância da Vala em falar mais, Odin ainda não estava satisfeito e insistiu que ela lhe contasse quem vingaria o deus assassinado e chamaria o assassino a prestar contas — pois a vingança e a retaliação eram deveres sagrados para os povos do Norte.

Então a profetisa lhe disse, como Rossthiof havia previsto, que Rinda, a deusa da terra, daria a Odin um filho, e que Vali, como o menino seria chamado, não lavaria o rosto nem pentearia o cabelo enquanto não houvesse se vingado de Höder pela morte de Balder.

Nas grutas do Oeste,
Pelo abraço fero de Odin opresso,
Um menino maravilhoso Rinda terá,
Cujos cabelos negros jamais penteará,
Tampouco o rosto no rio há de lavar,
Nem o último raio do sol contemplar,
Até sorrir diante do cadáver de Höder
Na pira funerária a arder.
DESCENT OF ODIN [A DESCIDA DE ODIN], THOMAS GRAY

Quando a relutante Vala assim falou, Odin perguntou em seguida: "Quem não prantearia a morte de Balder?" A pergunta imprudente mostrou um conhecimento do futuro que nenhum mortal poderia possuir e imediatamente revelou à Vala a identidade do visitante. Assim, recusando-se a dizer qualquer outra palavra, ela afundou no silêncio da sepultura, declarando que ninguém conseguiria despertá-la outra vez até chegar o fim do mundo.

Agora vai-te embora, alardear,
Que aqui ninguém jamais virá
Meu sono férreo interromper

Até seus grilhões Loki romper;
Enquanto Noite, substantiva,
Não retomar seu direito antigo:
Até que ardendo, em ruína,
Afunde o tecido do mundo.
DESCENT OF ODIN [A DESCIDA DE ODIN], THOMAS GRAY

Sabendo dos decretos de Örlög (destino), que ele não podia ignorar, Odin então montou em seu corcel. Tristonho, seguiu de volta para Asgard, pensando em um tempo, não muito distante, em que seu amado filho não seria mais visto nas moradas celestiais, quando a luz de sua presença estaria extinta para sempre.

Ao entrar em Gladsheim, contudo, Odin foi de algum modo reconfortado pela informação, prontamente transmitida por Frigga, de que todas as coisas debaixo do sol haviam prometido não fazer mal a Balder. Assim, convencido de que nada mataria o filho amado, que certamente continuaria a alegrar os deuses e os homens com sua presença, Odin deixou de se preocupar e se entregou aos prazeres da mesa festiva.

Deuses brincando

O parque de diversões dos deuses, chamado Idavold, se situava na planície verdejante de Ida. Para lá iam os deuses quando estavam com disposição esportiva, e sua brincadeira favorita era atirar discos de ouro, os quais lançavam com grande habilidade. Eles retomaram esse passatempo com redobrado entusiasmo quando a nuvem que oprimia seus espíritos foi afastada pelas precauções de Frigga. No entanto, cansados do esporte de sempre, inventaram outro jogo. Sabiam que Balder não podia ser ferido por nenhum míssil, então começaram a brincar de atirar todo tipo de armas, pedras etc. contra ele, crendo que, por mais certeiros que fossem, com toda precisão com que mirassem, os objetos, tendo jurado não o ferir, ou se desviariam, ou não chegariam a atingi-lo. Essa brincadeira se revelou tão fascinante que logo todos os deuses se reuniriam em volta de Balder, saudando com gargalhadas cada novo fracasso em feri-lo.

A morte de Balder

Essas demonstrações de alegria provocaram a curiosidade de Frigga, que estava sentada em seu palácio Fensalir. Vendo uma velha que passava, a deusa pediu que parasse e lhe dissesse o que os deuses estavam fazendo para causar tamanha euforia. A velha, ninguém menos que Loki disfarçado, respondeu a Frigga que os deuses estavam atirando pedras e outros projéteis, achatados e afiados, contra Balder, que permanecia parado sorrindo e incólume, desafiando-os a atingi-lo.

A deusa sorriu e retomou seu trabalho, dizendo que era natural que nada ferisse Balder, pois todas as coisas amavam a luz, da qual ele era o emblema, e haviam jurado solenemente não o ferir. Loki, a personificação do fogo, ficou muito triste ao ouvir isso, pois tinha inveja de Balder, o sol, que o eclipsava inteiramente e era amado por todos, enquanto ele era temido e evitado ao máximo; mas ele, com perspicácia, escondeu essa contrariedade e perguntou a Frigga se ela tinha certeza de que todos os objetos haviam feito mesmo o juramento.

Frigga orgulhosamente respondeu ter recebido a jura solene de todas as coisas, com exceção do inofensivo visco, um simples parasita que crescia no carvalho próximo ao portão de Valhala, pequeno e fraco demais para ser temido. Essa informação era tudo que Loki queria e, despedindo-se de Frigga, ele saiu cambaleando. Assim que se viu sozinho, no entanto, retomou sua forma habitual e correu até Valhala, onde encontrou perto do portão o carvalho coberto de visco, tal como indicado por Frigga. Então, fazendo uso de artes mágicas, conferiu ao parasita tamanho e dureza extraordinários.

Da haste de madeira assim produzida, Loki habilmente construiu uma lança com a qual logo voltou a Idavold, onde os deuses ainda estavam atirando projéteis contra Balder; apenas Höder encontrava-se sozinho, lamentando-se apoiado a uma árvore, sem participar da brincadeira. Descontraído, Loki se aproximou do deus cego e, assumindo um aparente interesse, perguntou o motivo de sua melancolia, ao mesmo tempo que insinuava que o orgulho e a indiferença o impediam de participar da brincadeira. Em resposta a esses comentários, Höder alegou que apenas sua cegueira o impedia de tomar parte no novo jogo, e quando Loki pôs a lança feita do visco na mão dele e levou-o para o círculo dos deuses, indicando a direção do alvo, Höder a arremessou, num ato de ousadia. Mas, para sua tristeza, em vez das gargalhadas que esperava, um grito horrorizado chegou a seus ouvidos, pois Balder, o Belo, havia caído no chão, perfurado pelo visco fatal.

> *Então no chão caiu Balder morto; em meio*
> *A espadas, machados, dardos, lanças caídos,*
> *Que por esporte os Deuses todos haviam lançado*
> *Contra Balder, que arma alguma varava ou feria;*
> *Mas em seu peito se fincara a haste fatal*
> *Do visco, que Loki, o Acusador, entregou*
> *A Höder, e sem saber Höder lançou –*
> *Visco contra o qual Balder não tinha proteção.*
> BALDER DEAD [BALDER MORTO], MATTHEW ARNOLD

Em pavorosa angústia, os deuses se amontoaram em torno do amado companheiro, mas, ah!, a vida estava extinta, e todos os seus esforços para reviver o deus-sol caído foram inúteis. Inconsoláveis em sua perda, eles então se voltaram furiosos contra Höder, a quem teriam matado ali mesmo, não estivessem proibidos pela lei dos deuses de qualquer ato de violência que profanasse o próprio lar. O som de seus altos lamentos atraíram as deusas às pressas ao cenário terrível, e quando Frigga viu seu querido filho morto, ela implorou aos deuses, muito emocionada, para que a deixassem ir a Niflheim tentar convencer Hel a libertar seu mártir, pois a terra não poderia ser feliz sem ele.

A incumbência de Hermod

Como a estrada era extremamente acidentada e árdua, nenhum dos deuses se ofereceu para a empreitada; mas quando Frigga prometeu que ela e Odin recompensariam o mensageiro amando-o acima de todos os Aesir, Hermod demonstrou sua prontidão para executar a tarefa. Para ajudá-lo, Odin emprestou-lhe Sleipnir, e o nobre corcel, que não costumava deixar ninguém além de Odin montá-lo, partiu sem demora pela estrada escura que seus cascos haviam cruzado duas vezes antes.

Nesse ínterim, Odin mandou levarem o corpo de Balder para Breidablik e que os deuses fossem à floresta cortar pinheiros imensos e construir uma pira funerária digna.

A morte de Balder
DOROTHY HARDY

Mas quando os Deuses à floresta foram,
Hermod levou Sleipnir para fora de Valhala
E selou; antes disso, Sleipnir não deixava
Ninguém além de Odin tocar-lhe a crina,
Tampouco seu dorso largo outro montar;
Mas dócil então parou junto a Hermod,
Arqueando o pescoço, feliz de ser cavalgado,
Sabendo tão querido o Deus que iam salvar.
Mas Hermod montou Sleipnir e, triste, trilhou
Em silêncio pela estrada escura abandonada
Que se divide no norte do Céu, e segue
Um dia inteiro; e a luz se apagou e a noite veio.

E essa noite inteira cavalgou, e tanto viajou,
Nove dias, nove noites, rumo ao gelo nórdico,
Por vales engolidos por torrentes estrondosas.
E na décima manhã ele contemplou a ponte
Que cobre com arcos dourados o rio de Giall,
E sobre a ponte vigiava uma donzela armada,
Na passagem estreita, do outro lado,
Onde a estrada se lança entre paredões de pedra.
BALDER DEAD [BALDER MORTO], MATTHEW ARNOLD

A pira funerária

Enquanto Hermod percorria às pressas a desolada estrada para Niflheim, os deuses se reuniram e levaram para a orla uma vasta quantidade de combustível, que empilharam no convés de Ringhorn, o barco draconiforme de Balder, construindo uma elaborada pira funerária. Segundo o costume, o barco foi decorado com tapeçarias, guirlandas de flores, recipientes e armas de todos os tipos, anéis de ouro e inúmeros objetos de valor, até que o cadáver imaculado, ricamente trajado, foi trazido e depositado na pira.

Um por um, os deuses então se aproximaram para um último adeus ao amado companheiro. Quando Nanna se inclinou sobre ele, seu coração cheio de amor se partiu, e ela caiu sem vida ao lado do marido. Vendo isso, os deuses reverentemente a deitaram ao lado de Balder para que ela pudesse acompanhá-lo até na morte. E depois de matarem seu cavalo e seus cães e ornarem a pira com espinheiros, emblemas do sono, Odin, o último dos deuses, aproximou-se.

Em sinal de afeição pelo morto e tristeza por sua perda, todos haviam depositado seus bens mais preciosos na pira, e Odin, inclinando-se, então agregou às oferendas seu mágico anel Draupnir. A assembleia dos deuses notou que ele estava sussurrando algo ao ouvido do filho morto, mas ninguém estava próximo o suficiente para ouvir o que ele disse.

Encerradas essas tristes preliminares, os deuses então se prepararam para lançar o barco, mas notaram que a carga pesada de combustível e tesouros resistia a seus esforços combinados e eles não conseguiam fazer a embarcação sair do lugar. Os gigantes da montanha, vendo a cena de longe e reparando na dificuldade dos deuses, se aproximaram e disseram que conheciam uma giganta chamada Hyrrokin, que morava em Jotunheim e era forte o bastante para lançar o barco ao mar sozinha. Os deuses então mandaram um dos gigantes da tempestade ir correndo chamar Hyrrokin; ela logo apareceu, montada em um lobo gigantesco, que guiava com um arreio feito de serpentes. Descendo até a praia, a giganta desmontou e, altiva, indicou que estava pronta para dar a ajuda requerida, se nesse ínterim os deuses tomassem conta de seu lobo. Odin imediatamente mandou quatro de seus Berserkers mais ousados segurarem o lobo, mas, apesar de sua força fenomenal, eles não conseguiram deter a monstruosa criatura e a giganta precisou derrubá-lo no chão e amarrá-lo com firmeza.

Hyrrokin, vendo que agora eles conseguiriam lidar com sua montaria insubmissa, caminhou pela praia até o local onde, longe do limite da água, estava o barco Ringhorn, a poderosa embarcação de Balder.

Setenta e quatro côvados media
Sobre a praia a quilha da embarcação;
Muito acima, esplêndida e dourada,
Erguia-se a feroz figura de proa
Com sua crista de aço.
THE SAGA OF KING OLAF [A SAGA DO REI OLAVO], H.W. LONGFELLOW

Apoiando o ombro contra a popa, com supremo esforço ela empurrou o barco para a água. Tamanho era o peso daquela massa, contudo, e tamanha a rapidez com que foi lançada ao mar, que a terra tremeu como se fosse um terremoto, e as toras sobre as quais o barco rolou pegaram fogo com a fricção. O tremor inesperado quase desequilibrou os deuses; isso enfureceu tanto Thor que ele ergueu o martelo e, não fosse a intervenção dos companheiros, teria matado a giganta. Facilmente tranquilizado, como sempre — pois Thor, embora se exaltasse rapidamente, tinha o humor fugaz —, ele entrou então no barco mais uma vez para consagrar a pira funerária com seu martelo sagrado. Enquanto o deus do trovão realizava essa cerimônia, o anão Lit, zombando, cambaleou na sua frente, ao que Thor, que ainda não havia recuperado por inteiro a serenidade, chutou-o para dentro do fogo que havia acabado de acender com um espinheiro, e o anão ardeu até virar cinza, com os corpos do casal divino.

A grandiosa embarcação então seguiu mar afora, e as chamas da pira compuseram um magnífico espetáculo, que foi assumindo glória ainda maior a cada momento, até que, quando o barco se aproximou do horizonte a Oeste, era como se o mar e o céu estivessem ardendo. Compungidos, os deuses assistiram ao barco ardente e sua preciosa carga afundarem nas ondas e sumirem; eles só deram meia-volta e retornaram a Asgard depois que a última centelha de luz desapareceu e o mundo em luto por Balder, o Bom, envolveu-se em um manto de trevas.

> *Logo com rugido ergueu-se o fogo intenso,*
> *E a pira crepitou; e entre as toras*
> *Labaredas de línguas ferinas tremularam, pulando*
> *Retorcidas, ressaltadas, altas até lamberem*
> *O topo da pira, o morto, o mastro,*
> *E devorarem as velas murchas; e o barco*
> *Ainda assim prosseguiu com casco em brasa.*
> *E os deuses parados na praia contemplaram;*
> *E enquanto olhavam o sol desceu furtivo*
> *Ao mar enfumaçado, e a noite veio.*
> *Então, com a noite, o vento, e depois calma;*
> *Mas mesmo no escuro mar afora viram a nau ardente*
> *Ainda prosseguir rumo às águas remotas,*
> *Cada vez mais longe, como um olho de fogo.*
> *Assim ardeu na treva distante a pira de Balder;*
> *Mas foi enfraquecendo diante das estrelas.*
> *Os corpos se consumiram, cinzas sobre a pira.*
> *E, como em fogueira de inverno que finda,*
> *Um tronco negro tomba em chuva de fagulhas —*
> *Assim, com chuva de fagulhas, desabou a pira,*
> *Avermelhando o mar em volta; e tudo ficou escuro.*
> BALDER DEAD [BALDER MORTO], MATTHEW ARNOLD

A busca de Hermod

Tristes, os deuses entraram em Asgard, onde nenhum som de festa ou alegria se ouvia, pois todos os corações estavam cheios de angústia quanto ao fim de tudo, que parecia iminente. E, a bem dizer, a mera ideia do terrível Fimbulvetr, o inverno, que seria um presságio de sua morte, era o suficiente para preocupar os deuses.

Apenas Frigga acalentava esperanças. Aguardou aflita o retorno de seu mensageiro, Hermod, o Veloz, que, nesse ínterim, percorrera a ponte tremeluzente e a estrada escura de Hel, até, na décima noite, cruzar o turbulento rio Giöll. Ali ele foi desafiado por Mödgud, que lhe perguntou por que a ponte Giallar tremia sob seu cavalo mais do que se um exército inteiro estivesse passando e por que ele, um cavaleiro vivente, estava tentando penetrar no temível domínio de Hel.

> *Quem és, cavaleiro, do cavalo negro e audaz,*
> *Que a ponte do rio Giöll sob esses cascos*
> *Sacode e chacoalha? Diz tua raça e teu lar.*
> *Pois ontem cinco tropas de mortos trotaram,*
> *A caminho do reino ínfero de Hela,*
> *E a ponte não tremeu tanto quanto só contigo.*
> *E tens a carne e a cor em teu semblante,*
> *Iguais às dos vivos, homens que usam ar vital;*
> *Nem pareces pálido e abatido, como os falecidos,*
> *Almas que cá descem, meus diários transeuntes.*
> BALDER DEAD [BALDER MORTO], MATTHEW ARNOLD

Hermod explicou a Mödgud o motivo de sua ida e, confirmando que Balder e Nanna haviam passado pela ponte antes dele, se apressou até o portão, que se erguia impeditivo diante de si.

Sem arrefecer diante do obstáculo, Hermod desmontou, caminhou sobre o gelo liso e, apertando sua sela, tornou a montar e cravou as esporas nos flancos esguios de Sleipnir. Isso fez o corcel dar um salto prodigioso, que os deixou do outro lado do portão de Hel.

> *Dali seguiu viagem sobre os campos de gelo*
> *Rumo ao Norte, até chegar a uma longa muralha*
> *Barrando seu caminho, e na muralha um portão.*
> *Então ele apeou, amarrou firme a sela,*
> *Montou, no gelo liso, Sleipnir, ginete de Odin,*
> *E fez saltar por cima da grade, e estava dentro.*
> BALDER DEAD [BALDER MORTO], MATTHEW ARNOLD

Cavalgando sempre em frente, Hermod chegou enfim ao salão de banquetes de Hel. Lá encontrou Balder, pálido e melancólico, deitado em um divã, com a esposa Nanna ao lado dele, olhando fixamente para um copo de hidromel, que ele parecia não ter vontade de beber.

A condição da libertação de Balder

Em vão, Hermod informou seu irmão de que tinha ido redimi-lo; Balder meneou a cabeça tristemente, dizendo que sabia que devia ficar naquele lugar desolado até a chegada do último dia, mas implorou a Hermod que levasse Nanna de volta com ele, pois a morada das sombras não era lugar para tão bela e brilhante criatura. Mas quando Nanna ouviu esse pedido, ela se agarrou ainda mais ao marido, jurando que nada jamais a afastaria dele e que ficaria com ele para sempre, mesmo em Niflheim.

A longa noite se passou em íntima conversa, até que Hermod chegou a Hel e implorou que libertasse Balder. A ríspida deusa ouviu em silêncio o pedido e declarou por fim que permitiria que a vítima partisse, desde que todas as coisas animadas e inanimadas demonstrassem sua tristeza pela perda dele derramando lágrimas.

> *Pois muito bem! Se Balder era tão amado,*
> *E se isso é verdade, e se tal perda sente o Céu —*
> *Ouçam como o Céu pode Balder resgatar.*
> *Mostrem-me por todo o mundo sinais de luto!*
> *Se uma única coisa não chorar, aqui Balder fica!*
> *Que tudo o que vive e se move sobre a terra*
> *Chore, e chore também cada coisa inanimada;*

Que Deuses, homens, bichos chorem; plantas e pedras.
Para que assim eu saiba que a perda foi sentida,
E comova meu coração, e o devolva ao Céu, enfim.
BALDER DEAD [BALDER MORTO], MATTHEW ARNOLD

Essa resposta foi recebida com entusiasmo, pois toda a Natureza estava de luto pela perda de Balder, e sem dúvida não havia nada em toda a criação que se recusaria ao tributo de uma lágrima. De modo que Hermod voltou alegre do domínio escuro de Hel, levando consigo o anel Draupnir — que Balder mandara devolver a Odin —, um tapete bordado de Nanna para Frigga e um anel para Fulla.

O retorno de Hermod

Os deuses reunidos se amontoaram ansiosos em volta de Hermod assim que ele voltou. Quando o deus veloz transmitiu o recado e os presentes, os Aesir mandaram emissários a todas as partes do mundo para pedir a todas as coisas animadas e inanimadas que chorassem por Balder.

Vão depressa ao mundo inteiro pedir
A toda coisa vivente ou não que chore por
Balder, se resgatá-lo assim pudermos!
BALDER DEAD [BALDER MORTO], MATTHEW ARNOLD

Os emissários percorreram Norte, Sul, Leste e Oeste, e por onde passavam as lágrimas se derramavam de todas as plantas e árvores, de tal modo que o chão ficou saturado de umidade, e metais e pedras, apesar dos corações duros, choraram também.

No caminho de volta enfim a Asgard, rente à estrada, encontraram uma caverna escura, onde viram agachada uma giganta chamada Thok, que alguns mitógrafos supõem se tratar de Loki disfarçado. Quando ela foi convocada a derramar uma lágrima, a giganta zombou dos emissários e, fugindo para recessos escuros da caverna, declarou que não cairia nenhuma lágrima de seus olhos e que, por ela, Hel podia ficar com seu prisioneiro para sempre.

Thok não derramou
Lágrima nenhuma
Pela morte de Balder —
Nem na vida, nem na morte,
Nunca ele me deu alegria
Que Hel fique com sua presa.
EDDA EM VERSO (TRADUÇÃO INGLESA DE HOWITT)

Assim que os emissários voltaram para Asgard, os deuses se reuniram em volta deles para saber o resultado da missão. Seus semblantes, porém, iluminados com a alegria da expectativa, ficaram soturnos e desesperados quando souberam que uma criatura se recusara ao tributo das lágrimas, de modo que eles não veriam mais Balder em Asgard.

Balder, o Belo, jamais
De Hel voltará aos ares elevados!
Traído por Loki duas vezes,
Feito da Morte prisioneiro;
Jamais escapará da condena,
Até que venha o Ragnarök fatal!
VALHALLA, J.C. JONES

Vali, o Vingador

Os decretos do destino não haviam se consumado por completo, e o ato final da tragédia ainda está para ser brevemente relatado.

Já vimos como Odin conseguiu, após muitas recusas, conquistar o consentimento de Rinda para se casar com ela, e que o filho nascido dessa união estava destinado a vingar a morte de Balder. Então ocorreu o nascimento desse menino maravilhoso chamado Vali, o Vingador. No mesmo dia em que nasceu, Vali entrou em Asgard e atingiu Höder com uma flecha de um feixe que ele levava consigo aparentemente com esse intuito. Assim o assassino de Balder, embora instrumento inconsciente, pagou por seu crime com o próprio sangue, de acordo com o código dos nórdicos de outrora.

O significado da lenda

A explicação física deste mito pode ser encontrada tanto no sol poente (Balder) que afunda sob as ondas no ocidente, afastado pela escuridão (Höder), como no final do breve verão nórdico e no longo reinado do inverno. "Balder representa o verão brilhante e claro, quando o crepúsculo e a luz do dia se beijam e seguem de mãos dadas pelas latitudes nórdicas."

> *Pira de Balder, marca do sol,*
> *Sagrada lareira manchada de vermelho;*
> *Assim, logo morre sua última centelha,*
> *Trevoso reina Höder doravante.*
> VIKING TALES OF THE NORTH [CONTOS VIKINGS DO NORTE], R. B. ANDERSON

"Sua morte pelas mãos de Höder é a vitória da escuridão sobre a luz e da escuridão do inverno sobre a luz do verão; e a vingança pelas mãos de Vali é a irrupção da luz nova depois da obscuridade invernal."

Loki, o fogo, sente inveja de Balder, a luz pura do céu, o único dentre todos os deuses que jamais guerreou e, ao contrário, tinha sempre palavras de conciliação e paz.

> *Mas dos teus lábios, ó Balder, noite e dia,*
> *Ninguém jamais ouviu injúria*
> *A Deus ou Herói, mas sempre tentaste*
> *Apartar e conciliar desavenças alheias.*
> BALDER DEAD [BALDER MORTO], MATTHEW ARNOLD

As lágrimas que todas as coisas derramaram pelo deus amado são símbolo do degelo da primavera, que se instala depois da dureza e do frio do inverno, quando cada árvore e graveto, e até as pedras, gotejam de umidade. Apenas Thok (carvão) não demonstra nenhum sinal de ternura, pois ela está enterrada profundamente no interior da terra escura e não precisa da luz do sol.

> *E como no inverno, quando o gelo se rompe,*
> *Ao final do inverno, antes da primavera,*
> *Um vento quente sopra, e o degelo começa —*
> *Depois de uma hora se ouve gotejar*
> *Em toda a floresta, e a neve macia*
> *Sob as árvores fica cheia de furos,*
> *E dos galhos caem massas nevadas;*
> *E nos campos até o sul, aclives escuros*
> *De relva despontam em meio ao branco,*
> *E se alargam, e o peito do roceiro se alegra —*
> *Até que o mundo inteiro começa a pingar*
> *De tantos chorando para Balder voltar;*
> *E os Deuses ficam contentes de ouvir.*
> BALDER DEAD [BALDER MORTO], MATTHEW ARNOLD

Das profundezas de sua prisão subterrânea, o sol (Balder) e a vegetação (Nanna) tentam animar o céu (Odin) e a terra (Frigga) enviando-lhes o anel Draupnir, emblema da fertilidade, e a tapeçaria floral, símbolo do tapete de vegetação que novamente cobrirá a terra e acentuará seus encantos com sua beleza.

O significado ético do mito não é menos belo, pois Balder e Höder são símbolos das forças conflitantes do bem e do mal, enquanto Loki personifica o tentador.

> *Mas em toda alma humana vemos*
> *Höder da noite escura, irmão cego de Balder,*
> *Nascer e ficar forte como ele;*
> *Pois todo mal nasce cego, como ursinhos,*
> *A noite é o manto do mal; mas todo bem*
> *Sempre trajou vestes brilhantes.*
> *O frenético Loki, tentador antigo,*
> *Ainda segue incessante, e move*
> *A mão assassina do cego, cuja lança veloz*
> *Varou o peito jovem de Balder, sol de Valhala!*
> VIKING TALES OF THE NORTH [CONTOS VIKINGS DO NORTE], R.B. ANDERSON

O culto a Balder

Uma das festas mais importantes ocorria no solstício de verão, ou na véspera dele, pois era considerado aniversário de sua morte e sua descida ao mundo ínfero. Naquele dia, o mais longo do ano, o povo se reunia fora de casa, fazia grandes fogueiras e observava o sol, que nas extremas latitudes nórdicas mal submergia no horizonte e já se erguia para um novo dia. A partir dessa data, os dias pouco a pouco vão ficando mais curtos, e os raios de sol, menos quentes, até chegar o solstício de inverno, data que era chamada de Noite Mãe, pois é a noite mais longa do ano. O dia do solstício, outrora celebrado em homenagem a Balder, hoje é chamado de Dia de São João, pois o santo substituiu inteiramente Balder, o Bom.

capítulo

Loki

XXII

Loki e Svadilfari
DOROTHY HARDY

O espírito do mal

Além do hediondo gigante Utgard-Loke, a personificação da travessura e do mal, a quem Thor e seus companheiros visitaram em Jotunheim, os antigos povos nórdicos tinham outro tipo de pecado, ao qual chamavam também de Loki, e que já vimos sob muitos aspectos.

No início, Loki era apenas a personificação do fogo da lareira e do espírito da vida. A princípio um deus, aos poucos ele se torna "deus e diabo combinados" e termina sendo detestado por todos como exata contrapartida dos Aesir do Lúcifer medieval, príncipe da mentira, "origem do engodo, o traiçoeiro".

Segundo alguns especialistas, dizia-se que Loki era irmão de Odin, mas outros afirmam que os dois não eram parentes, apenas passaram pelo juramento fraternal de sangue comum no Norte.

Odin! não te lembras
Quando éramos jovens
E misturamos nosso sangue?
Quando antes da cerveja
Sempre te recusavas
Se a nós dois não oferecessem?
SÆMUND'S EDDA [EDDA DE SEMUNDO] (TRADUÇÃO INGLESA DE THORPE)

O caráter de Loki

Enquanto Thor é a encarnação da atividade nórdica, Loki representa a recreação, e o companheirismo inicialmente estabelecido entre esses dois deuses deixa claro que muito cedo os antigos nórdicos perceberam que ambos eram necessários ao bem-estar da humanidade. Thor está sempre ocupado e é sempre sincero, mas Loki faz piada de tudo, até que por fim seu amor pela travessura faz com que ele se extravie completamente, perca todo amor pelo bem e se torne um mesquinho e maligno arraigado.

Ele representa o mal na forma sedutora e aparentemente bela com que o mal se apresenta ao mundo. Devido a essa aparência ilusória, os deuses a princípio não o evitavam, mas o tratavam como a um dos seus, com todo companheirismo, levando-o consigo aonde quer que fossem e recebendo-o não só nas festas, mas também no salão do conselho, onde, infelizmente, muitas vezes lhe deram ouvidos.

Como já vimos, Loki desempenhou um papel proeminente na criação do homem, dotando-o do poder do movimento, e fazendo o sangue circular livremente em suas veias, por meio do qual ele se inspirava de paixões. Como personificação do fogo, assim como da travessura, Loki (relâmpago) é muitas vezes visto ao lado de Thor (trovão), a quem ele acompanha até Jotunheim para recuperar seu martelo, no castelo de Utgard-Loke, e até a casa de Geirröth. É ele quem rouba o colar de Freya e os cabelos de Sif, e trai Iduna entregando-a ao poder de Thiassi; e embora às vezes ele dê bons conselhos e ofereça ajuda efetiva aos deuses, é quase sempre apenas para livrá-los de algum dilema para o qual ele mesmo impulsivamente os atraiu.

Alguns especialistas afirmam que, em vez de fazer parte da trindade criadora (Odin, Hoenir e Lodur ou Loki), esse deus orginalmente pertencia a uma geração pré-odínica de deidades, e era filho do grande gigante Fornjotnr (Ymir), sendo seus irmãos Kari (ar) e Hler (água), e sua irmã Ran, a terrível deusa do mar. Outros mitógrafos, contudo, fazem dele filho do gigante Fárbauti, que foi identificado com Bergelmir, o único sobrevivente do dilúvio, e de Laufey (ilha de folhagens) ou Nal (embarcação), sua mãe, assim firmando que sua relação com Odin era apenas a do juramento nórdico da camaradagem.

Loki (fogo) primeiro se casou com Glut (brilho), com quem teve duas filhas, Eisa (brasas) e Einmyria (cinzas); é portanto muito evidente que os nórdicos consideravam-no emblemático do fogo da lareira, e quando a lenha ardente crepita, as mulheres do Norte ainda costumam dizer que Loki está batendo nas filhas. Além dessa esposa, dizem que Loki também se casou com a giganta Angrboda (arauto da angústia), que vivia em Jotunheim, e, como já vimos, deu a Loki três monstros: Hel, deusa da morte; Jormungandr, a Serpente de Midgard; e o cruel lobo Fenrir.

> *Loki gerou o lobo*
> *Com Angrboda.*
> SÆMUND'S EDDA [EDDA DE SEMUNDO]
> (TRADUÇÃO INGLESA DE THORPE)

Sigyn

O terceiro casamento de Loki foi com Sigyn, que se revelou uma esposa muito amorosa e devotada e lhe deu dois filhos, Narvi e Vali, este último homônimo do deus que vingou Balder. Sigyn sempre foi fiel ao marido e não o abandonou nem depois que ele foi expulso de Asgard e confinado nas entranhas da terra.

Como Loki era a encarnação do mal, os povos nórdicos não nutriam por ele nada além de medo, não construíam templos para homenageá-lo, não lhe ofereciam nenhum sacrifício e deram seu nome às ervas mais daninhas. Acreditava-se que a atmosfera palpitante, hiperaquecida do verão, era sinal de sua presença, pois costumava-se então dizer que Loki estava copulando; já quando o sol parecia estar puxando água da terra, diziam que Loki estava bebendo.

A história de Loki é tão inextricavelmente entrelaçada à dos outros deuses que a maioria dos mitos relacionados a ele já foram contados, e só restam dois episódios de sua vida por relatar. Um deles mostra seu melhor lado, antes de sua degeneração em um verdadeiro tratante, enquanto o outro expõe como ele finalmente induziu os deuses a profanarem o próprio lar com um assassinato deliberado.

Skrymsli e o filho do camponês

Conta-se que, certo dia, um gigante e um camponês estavam jogando (provavelmente xadrez, o passatempo favorito dos vikings nórdicos durante o inverno). Eles haviam combinado alguma aposta, e o gigante, saindo vitorioso, ganhou no jogo o filho único do camponês, a quem avisou que no dia seguinte o buscaria e levaria seu prêmio consigo, a não ser que os pais o escondessem tão bem que ele não conseguisse encontrá-lo.

Sabendo que tal proeza seria impossível, os pais fervorosamente pediram a Odin que os ajudasse, e em resposta às orações o deus desceu à terra e transformou o menino em um minúsculo grão de trigo, que escondeu em uma espiga no meio de um campo vasto, onde, declarou, o gigante não conseguiria encontrar. O gigante Skrymsli, no entanto, tinha uma sabedoria muito mais vasta do que Odin imaginava e, não encontrando o menino na casa, dirigiu-se até o campo com sua foice. Então, ceifando todo o trigo, ele escolheu a espiga onde o menino estava escondido. Contando os grão de trigo, ele estava prestes a tocar o grão exato quando Odin, ouvindo o grito desesperado da criança, arrancou a semente da mão do gigante e devolveu o menino aos pais, dizendo-lhes que fizera o possível para ajudá-los. Mas como o gigante alegou que havia sido enganado, disse que voltaria a reivindicar a posse do menino no dia seguinte, a não ser que os pais conseguissem de novo disfarçá-lo.

Os pobres camponeses, então, recorreram ao auxílio de Hoenir. O deus ouviu-os atenciosamente e transformou o menino em uma penugem, que escondeu no peito de um cisne que nadava em um lago próximo. Quando, alguns minutos depois, Skrymsli chegou, adivinhou o que havia ocorrido e, capturando a ave, cortou-lhe o pescoço com os dentes e teria engolido a penugem se Hoenir não a tivesse tirado de sua boca e a devolvido a salvo aos pais, dizendo que não podia fazer mais nada para ajudá-los.

Skrymsli disse aos pais que faria uma terceira tentativa de buscar a criança. Estes recorreram desesperados a Loki, que levou o menino para o mar e o escondeu, na forma de um ovo minúsculo, entre outros ovos de linguado. Voltando dessa expedição, Loki encontrou o gigante perto da costa e, vendo que ele estava se preparando para pescar, insistiu em acompanhá-lo. Ele estava um pouco preocupado com a possibilidade de o terrível gigante ter percebido o disfarce e, portanto, achou que seria bom ficar por perto, caso precisasse intervir. Skrymsli pôs a isca no anzol e foi mais ou menos bem-sucedido na pescaria, até de repente fisgar um linguado idêntico ao dos ovos entre os quais Loki escondera o ovinho. Abrindo o peixe sobre o joelho, o gigante passou a examinar minuciosamente os ovos, até encontrar o que estava procurando.

A situação do menino certamente era arriscada, mas Loki, percebendo uma oportunidade, arrancou o ovo da mão do gigante e, transformando-o outra vez em menino, mandou que ele fosse correndo para casa e fechasse a porta do ancoradouro ao passar por ele no caminho. O menino apavorado obedeceu sem pensar duas vezes, e o gigante, observando sua fuga, correu atrás dele em direção ao ancoradouro. Astuciosamente, Loki havia posicionado uma lança afiada de tal maneira que a cabeça do gigante se chocou em cheio contra a ponta aguda, fazendo-o desabar no chão com um gemido. Loki, vendo-o indefeso, cortou-lhe uma das pernas. Imaginem a surpresa do deus, contudo, quando viu a perna voltar a se unir imediatamente ao corpo do gigante. Mas Loki era um mestre da artimanha e, reconhecendo naquilo a ação de magia, cortou-lhe a outra perna e logo pôs entre a perna e o corpo de Skrymsli um pedaço de pederneira e aço, bloqueando futuras feitiçarias. Os camponeses ficaram muitíssimo aliviados ao ver que seu inimigo estava morto, e desde então consideraram Loki o mais poderoso de todos no conselho celeste, pois ele os havia livrado de seu inimigo, enquanto os outros deuses prestaram apenas socorros temporários.

O gigante arquiteto

Não obstante a maravilhosa ponte Bifrost, o caminho tremeluzente, e a vigilância de Heimdall, os deuses não se sentiam inteiramente seguros em Asgard e muitas vezes temiam de que os gigantes de gelo conseguissem entrar em sua morada. Para evitar tal possibilidade, decidiram construir uma fortaleza indevassável; enquanto planejavam como fariam isso, um arquiteto desconhecido apareceu com uma proposta de assumir a empreitada da construção, desde que os deuses lhe dessem o Sol, a Lua e Freya, deusa da juventude e da beleza, como recompensa. Os deuses ficaram indignados com a presunção da proposta, mas quando estavam prestes a expulsar o desconhecido de sua presença, Loki insistiu que fizessem uma contraproposta impossível de ser cumprida. Seguindo a recomendação de Loki, eles disseram ao arquiteto que concordavam com a recompensa, desde que a fortaleza ficasse pronta em um único inverno e que ele realizasse a obra sem nenhuma ajuda além do cavalo dele, Svadilfari.

> *A Asgard veio um arquiteto*
> *E um castelo propôs erigir —*
> *Castelo tão alto*
> *Que desafiasse*
> *A astúcia Jotun e a rapina gigante;*
> *E o pacto sagaz era o seguinte:*
> *A bela Freya, a Lua e o Sol*
> *Seriam o preço da fortaleza.*
> VALHALLA, J.C. JONES

O desconhecido concordou com aquelas condições aparentemente impossíveis, e logo se pôs a trabalhar, erguendo imensos blocos de rocha à noite, construindo durante o dia e progredindo tão depressa que os deuses começaram a ficar um pouco ansiosos. Logo notaram que mais da metade da obra era realizada pelo magnífico corcel Svadilfari, e perto do fim do inverno notaram que a obra estava quase pronta, só faltando um portal, que eles sabiam que o arquiteto conseguiria construir com facilidade durante a noite:

> *Horror e medo aos deuses afligem;*
> *Estava quase pronto o castelo!*
> *Em mais três dias*
> *A obra findava;*
> *Então seu contrato deviam honrar*
> *E a dívida hedionda pagar.*
> VALHALLA, J.C. JONES

Aterrorizados com a perspectiva de terem de abrir mão não apenas do Sol e da Lua, mas também de Freya, personificação da juventude e da beleza, os deuses dirigiram-se a Loki e ameaçaram matá-lo se ele não bolasse um meio de impedir o arquiteto de terminar o trabalho dentro do prazo.

A astúcia de Loki, mais uma vez, mostrou-se à altura da situação. Ele esperou anoitecer, no último dia do prazo, e, no momento em que Svadilfari passava pelas margens de uma mata, penosamente arrastando um grande bloco de pedra necessário para o término da obra, saiu de um charco escuro disfarçado de égua. Loki relinchou de modo tão convidativo que, no mesmo instante, o cavalo escoiceou, se livrou dos arreios e correu atrás da suposta fêmea, perseguido de perto pelo dono furioso. A égua galopou depressa, maliciosamente atraindo o cavalo e o dono cada vez mais para dentro da floresta escura, até que a noite passou e não era mais possível terminar a obra. O arquiteto era ninguém menos que um temível Hrimthurs disfarçado, o qual voltou a Asgard com grande fúria diante da artimanha em que havia caído. Retomando a proporção original, o gigante quis aniquilar os deuses, mas Thor de repente chegou de uma viagem e o matou com seu martelo mágico Mjölnir, que atirou com força terrível em cheio no rosto dele.

Os deuses se salvaram daquela vez apenas por meio da fraude e da intervenção violenta de Thor, e ambas estariam destinadas a trazer grande tristeza a todos eles, antes de por fim confirmarem sua queda e apressarem a vinda do Ragnarök. Loki, contudo, não sentia remorso e com o tempo, dizem, se tornou pai de um cavalo de oito patas chamado Sleipnir, que, como vimos, seria a montaria favorita de Odin.

Mas Sleipnir ele gerou
Com Svadilfari.
LAY OF HYNDLA [LAI DE HYNDLA] (TRADUÇÃO INGLESA DE THORPE)

Loki realizou tantas maldades durante sua trajetória que ele bem mereceu o título de "arquivelhaco" que lhe foi dado. Era odiado por todos por sua conduta sutil e maliciosa e pelo vício inveterado da prevaricação, que lhe rendeu também o título de "príncipe da mentira".

O último crime de Loki

O crime final de Loki, a gota d'água de sua iniquidade, foi induzir Höder a atirar o visco fatal contra Balder, a quem ele odiava apenas por sua imaculada pureza. Talvez esse crime pudesse ser relevado, não fosse sua obstinação quando, disfarçado como a velha Thok, pediram-lhe que derramasse uma lágrima por Balder. Sua atitude na ocasião convenceu os deuses de que dentro dele só restava maldade, e por unanimidade eles pronunciaram a sentença que o expulsou de Asgard em exílio perpétuo.

O banquete de Aegir

Para afastar a tristeza dos deuses e fazer com que, por um breve período, esquecessem a perfídia de Loki e a perda de Balder, Aegir, deus do mar, convidou-os para participar de um banquete em suas cavernas de coral do fundo do oceano.

> Para atenuar a tristeza dos deuses
> E alívio em seu luto trazer-lhes,
> Das cavernas coralinas
> Entre as ondas marinhas,
> Alto rei Aegir
> Convidou os Aesir
> Para um festim
> No salão Hlesey;
> Pois por Balder os convivas
> Choravam ainda,
> Mas podiam esquecer
> A dor no amistoso banquete.
> VALHALLA, J.C. JONES

Os deuses alegremente aceitaram o convite, vestiram suas melhores roupas e, com sorrisos festivos, apareceram nas cavernas de coral na hora marcada. Nenhum deus se ausentou, exceto o radiante Balder, por quem muitos suspiraram de pena, e o maligno Loki, que não tinha a simpatia de ninguém. Ao longo do banquete, contudo, este último apareceu como uma sombra escura, e quando o mandaram embora, ele deu vazão a suas paixões malignas em uma torrente de invectivas contra os deuses.

*"Dentre os Aesir e o Alfar
Aqui dentro não há
Nenhuma palavra amiga por ti."*
ÆGIR'S COMPOTATION, OR LOKI'S ALTERCATION [A LIBAÇÃO DE AEGIR, OU A ALTERCAÇÃO DE LOKI] (TRADUÇÃO INGLESA DE THORPE)

Então, com inveja dos elogios que Funfeng, ajudante de Aegir, recebera pela destreza com que atendera os convidados de seu senhor, Loki subitamente se voltou contra ele e o matou. Diante desse crime temerário, os deuses com ira feroz expulsaram Loki mais uma vez, ameaçando-o com cruel castigo se tornasse a aparecer diante deles.

Mal os Aesir haviam se recuperado dessa desagradável interrupção em seu banquete e retomavam seus lugares à mesa, quando Loki voltou furtivamente e prosseguiu com as calúnias de sua língua venenosa, provocando os deuses por suas fraquezas ou deficiências, detendo-se maliciosamente em suas imperfeições físicas, e zombando de seus equívocos. Em vão, os deuses tentaram conter seus abusos; sua voz se ergueu cada vez mais, e ele estava proferindo uma calúnia vil sobre Sif quando se deteve de súbito ao notar o martelo de Thor, furiosamente brandido por um braço cuja força ele conhecia muito bem, e fugiu no mesmo instante.

*Silêncio, ser impuro!
Meu martelo, Mjölnir,
Tua tagarelice deterá.
Tua cabeça irei
De teu pescoço arrancar;
E tua vida se encerrará.*
ÆGIR'S COMPOTATION, OR LOKI'S ALTERCATION [A LIBAÇÃO DE AEGIR, OU A ALTERCAÇÃO DE LOKI] (TRADUÇÃO INGLESA DE THORPE)

A perseguição de Loki

Loki não tinha mais esperança de ser readmitido em Asgard e sabia que cedo ou tarde os deuses, vendo o efeito de suas maldades, lamentariam ter permitido que ele percorresse o mundo e tentariam prendê-lo ou matá-lo. O deus, então, retirou-se nas montanhas, onde construiu uma cabana com quatro portas que sempre deixava abertas para poder a qualquer momento fugir às pressas. Maquinando seus planos com cuidado, ele decidiu que, se os deuses fossem buscá-lo, ele correria para uma cachoeira vizinha, do rio Fraananger, segundo a tradição, e, transformando-se em salmão, escaparia de seus perseguidores. Ponderou, no entanto, que embora pudesse facilmente se desviar de qualquer anzol, talvez fosse difícil fugir se os deuses providenciassem uma rede como a de Ran, a deusa do mar.

Assombrado por esse medo, ele resolveu experimentar a possibilidade de escapar de tal rede e com as próprias mãos começou a tecer uma rede com barbante. Ele ainda estava envolvido nessa tarefa quando Odin, Kvase e Thor de repente apareceram ao longe. Ao perceber que seu esconderijo fora descoberto, Loki atirou sua rede inacabada no fogo e correu por uma de suas portas sempre abertas, saltando na cachoeira, onde, na forma de um salmão, escondeu-se entre as pedras do leito.

Os deuses, encontrando a cabana vazia, estavam prestes a partir quando Kvase reparou nos restos da rede queimada na lareira. Depois de pensar um pouco, veio-lhe uma inspiração, e ele sugeriu aos deuses tecer uma rede parecida e usá-la na busca do inimigo no rio vizinho, pois era provável que Loki tivesse recorrido a tal método para iludir seus perseguidores. Esse pareceu ser um bom conselho. Os deuses imediatamente o seguiram e, quando terminada a rede, estenderam-na no rio. Loki escapou, a princípio, escondendo-se no fundo do rio entre duas pedras; e quando os deuses puseram mais pesos na rede e tentaram uma segunda vez, ele conseguiu escapar saltando contra a corrente. Uma terceira tentativa de capturá-lo se revelou bem-sucedida, pois, quando Loki tentou mais uma vez um salto súbito, Thor agarrou-o em pleno ar e o segurou com tanta firmeza que ele não conseguiu escapar. O salmão, cuja lubricidade escorregadia é proverbial no Norte, é conhecido por seu rabo extremamente fino, e os nórdicos atribuem esse aspecto à força do aperto da mão de Thor ao deter seu inimigo.

O castigo de Loki

Loki então retomou sua forma de costume, e seus caçadores o arrastaram para uma caverna, onde o amarraram com as vísceras de seu filho Narvi, que havia sido destroçado por Vali, o próprio irmão, a quem os deuses haviam transformado em lobo com esse propósito. Uma dessas amarras foi passada abaixo dos ombros de Loki e outra, abaixo da virilha, prendendo firmemente suas mãos e seus pés; mas os deuses, não satisfeitos com essas amarrações, por mais resistentes e firmes que fossem, transformaram-nas magicamente em diamante ou ferro.

A ti, em uma rocha,
Com as tripas do teu filho morto,
Os deuses amarrarão.
SÆMUND'S EDDA [EDDA DE SEMUNDO] (TRADUÇÃO INGLESA DE THORPE)

Skadi, a giganta, personificação do rio gelado da montanha, que de bom grado assistiu à amarração de seu inimigo (fogo subterrâneo), então prendeu uma serpente bem sobre a cabeça de Loki, de tal modo que o veneno cairia, gota a gota, sobre seu rosto voltado para cima. Porém Sigyn, fiel esposa de Loki, apressou-se em posicionar uma taça sobre o rosto do marido, recolhendo as gotas conforme caíam e jamais deixando seu posto, exceto quando a taça estava cheia e ela era obrigada a esvaziá-la. Apenas durante suas breves ausências as gotas de veneno caíam no rosto de Loki, e então ele sentia uma dor tão intensa que se debatia de angústia, e seus esforços para se soltar abalavam a terra e produziam os terremotos que tanto apavoravam os mortais.

Antes que o deixassem em suplício,
Sobre o cenho traiçoeiro, ingrato,
Skadi pendurou pérfida serpente,
Sempre destilando gotas de veneno,
Cada nervo enchendo de tormento;
Assim ele em horror vai perecendo.
Ali, nunca exausta, se ajoelha,

Sigyn, junto ao marido torturado.
Fiel esposa! com a taça rouba
Gotas de veneno quando caem –
Todas elas agonizantes!
Insone, imóvel, sempre dadivosa
De consolo, ela ali permanece;
Só quando a taça transborda
A dor e urgência surgem,
Logo, para esvaziar a taça,
Ela faz na vigília uma pausa.
Então Loki há de
Alto proferir
Gritos de terror,
Gemidos de horror,
Berrando com estrondo,
Abalando o mundo seus tremores,
Estremecendo em solavancos,
Até os Céus balançando!
Assim se exaure em sina medonha,
Até que o temido Ragnarök venha.
VALHALLA, J.C. JONES

Nessa dolorosa posição, Loki foi destinado a permanecer até o crepúsculo dos deuses, quando suas amarras se soltariam e ele tomaria parte no conflito fatal no campo de batalha de Vigrid, caindo enfim pelas mãos de Heimdall, que morreria ao mesmo tempo.

Como vimos, as gotas de veneno da serpente nesse mito são o rio gelado da montanha. Suas águas, caindo de quando em quando sobre um fogo subterrâneo, evaporavam e escapavam pelas fissuras, engendrando terremotos e gêiseres, fenômenos que os habitantes da Islândia, por exemplo, conhecem bem.

O dia de Loki

Quando os deuses foram rebaixados à categoria de demônios pela introdução do cristianismo, Loki foi confundido com Saturno, que também havia sido rebaixado de seus atributos divinos, e ambos foram considerados protótipos de Satã. O último dia da semana, que era consagrado a Loki, ficou conhecido em nórdico antigo como Laugardag, ou dia da lavagem, mas em inglês foi transformado em *Saturday* [sábado]. Diziam-se que o nome se devia não a Saturno, mas a Sataere, o ladrão de tocaia e deus teutônico da agricultura, que seria apenas outra personificação de Loki.

capítulo

Os gigantes

XXIII

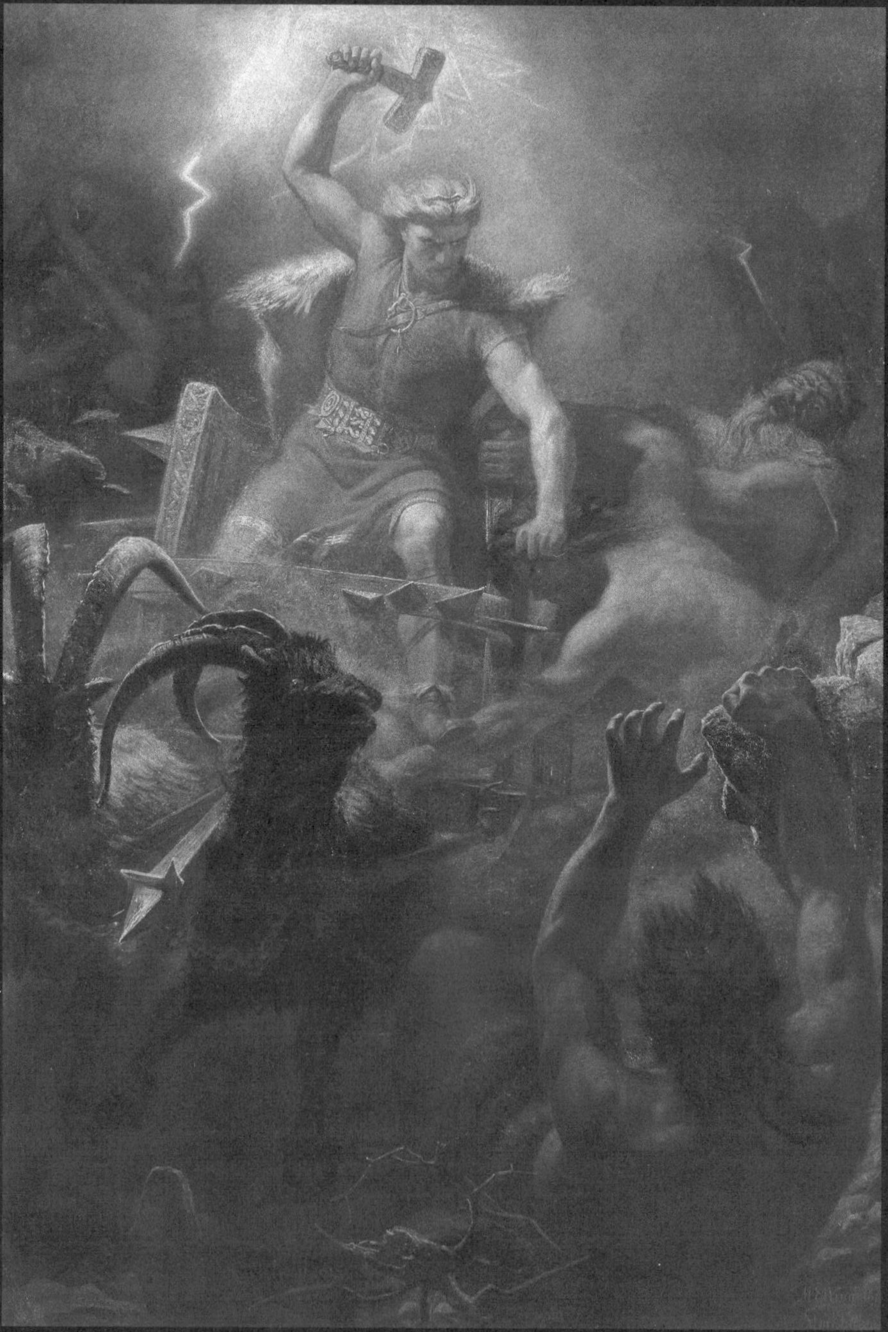

Jotunheim

Como já vimos, os povos nórdicos imaginavam que os gigantes foram as primeiras criaturas a ganhar vida entre os icebergs que enchiam o vasto abismo de Ginnungagap. Esses gigantes foram desde o início adversários e rivais dos deuses e, como os deuses eram personificações de tudo o que era bom e amável, os gigantes eram representativos de tudo o que havia de feio e de mau.

> *Ele chegou — ele chegou —, o Espírito da Geada! na lufada do Norte,*
> *E os pinheiros noruegueses se curvaram quando seu hálito temível passou.*
> *Sem chamuscar as asas, foi depressa, aos fogos de Hecla,*
> *No belo céu enegrecido acima e no gelo antigo embaixo.*
> THE FROST SPIRIT [O ESPÍRITO DA GEADA], J.G. WHITTIER

Quando Ymir, o primeiro gigante, caiu sem vida sobre o gelo, assassinado pelos deuses, seus filhos morreram afogados no sangue do pai. Apenas um casal, Bergelmir e sua esposa, conseguiu escapar para Jotunheim, onde fizeram sua morada e se tornaram pais de toda a geração dos gigantes. No Norte, os gigantes eram chamados de diversos nomes, cada um deles com um significado particular. Jotun, por exemplo, significava "grande comilão", pois os gigantes eram famosos pelo enorme apetite, bem como por seu tamanho descomunal. Eles gostavam muito de beber, além de comer, motivo pelo qual também eram chamados Thurses, palavra que alguns autores dizem ter dado origem a *thirst*, "sede" em inglês; mas outros consideram que os gigantes deviam esse nome às torres altas (*turseis*), que teriam construído. Como os gigantes eram antagonistas dos deuses, os deuses sempre se esforçaram para obrigá-los a permanecer em Jotunheim, que ficava nas regiões frias do polo. Os gigantes quase sempre levavam a pior em seus

IMAGEM
Thor e os gigantes
M.E. WINGE

encontros com os deuses, pois além de pesados e de raciocínio lento, não tinham nada além de armas de pedra para opor ao bronze dos Aesir. Apesar dessa desigualdade, no entanto, eles eram altamente invejados pelos deuses, pois os gigantes eram plenamente versados em todo conhecimento relativo ao passado. Até Odin tinha inveja desse atributo e, assim que conseguiu obter o mesmo conhecimento através de um trago do Poço de Mímir, logo tratou de ir a Jotunheim para disputar contra Vaftrudener, o mais erudito dos gigantes. Mas ele jamais teria tido sucesso em derrotar seu antagonista nesse estranho encontro se não tivesse parado de perguntar sobre o passado e começado a perguntar sobre o futuro.

De todos os deuses, Thor era o mais temido pelos Jotuns, pois estava continuamente em guerra contra os gigantes da geada e da montanha, que pretendiam prender a terra em suas rígidas amarras para sempre, impedindo assim os homens de arar o solo. Na luta contra eles, Thor, como já vimos, em geral recorria a seu terrível martelo Mjölnir.

A origem das montanhas

Segundo lendas germânicas, a superfície acidentada da terra se devia aos gigantes, que desfiguraram sua face lisa ao pisoteá-la quando o solo ainda era macio e recente; já os os rios haviam sido formados pelas copiosas lágrimas derramadas pelas gigantas ao verem os vales feitos pelas imensas pegadas de seus maridos. Tal era a crença teutônica, que o povo imaginava que os gigantes, personificações das montanhas, eram imensas criaturas rústicas que só se moviam no escuro ou na neblina e se petrificavam assim que os primeiros raios de sol penetravam a treva ou dispersavam as nuvens.

Essa crença os levou a denominar uma de suas principais cadeias montanhosas de Riesengebirge (Montanhas dos Gigantes). Os escandinavos também compartilhavam dessa crença, e até hoje os islandeses designam seus picos montanhosos mais elevados pelo nome de Jokul, uma variante da palavra "Jotun". Na Suíça, onde as neves perenes repousam nos picos remotos da montanha, o povo ainda conta velhas histórias sobre o tempo em que os gigantes percorriam a terra; e, quando uma avalanche destrói uma encosta de montanha, dizem que os gigantes descuidados sacudiram o gelo pesado de suas testas e seus ombros.

Os primeiros deuses

Como os gigantes eram também personificações da neve, do gelo, da pedra e do fogo subterrâneo, dizia-se que eram descendentes do primitivo Fornjotnr, o qual alguns especialistas identificam com Ymir. Segundo essa versão do mito, Fornjotnr tinha três filhos: Hler, o mar; Kari, o ar; e Loki, o fogo. Essas três divindades, os primeiros deuses, formavam a trindade mais antiga, e seus respectivos descendentes foram os gigantes marinhos Mimir, Gymir e Grendel, os gigantes da tempestade Thiassi, Thrym e Beli, e os gigantes do fogo e da morte, como o lobo Fenrir e Hel.

Como todas as dinastias reais reivindicavam descendência de algum ser mítico, os merovíngios afirmavam que seu primeiro ancestral havia sido um gigante marinho, que se ergueu das ondas na forma de um boi e surpreendeu a rainha quando esta passeava sozinha na praia, obrigando-a a se tornar sua esposa. A rainha deu à luz um menino chamado Meroveu, fundador da primeira dinastia dos reis francos.

Muitas histórias já foram contadas sobre os gigantes mais importantes. Eles reaparecem em muitos mitos e contos de fadas posteriores, e manifestam, depois da introdução do cristianismo, uma repugnância peculiar pelo som dos sinos das igrejas e pelos cantos de monges e freiras.

O gigante apaixonado

Os escandinavos relatam, a esse respeito, que nos tempos de Olavo, o Santo, um gigante chamado Senjemand, que morava na ilha de Senja, ficava muito enfurecido porque uma freira da ilha de Grypto todos os dias cantava seu hino matinal. Esse gigante se apaixonou por uma bela donzela chamada Juternajesta e demorou muito até reunir coragem para se declarar para ela. Quando enfim ele fez sua proposta, a bela dama desdenhosamente o rejeitou, dizendo que ele era velho e feio demais para seu gosto.

Miserável Senjemand — feio e grisalho!
Conquistar a donzela Kvedfiord!
Não — és um rústico e sempre serás.
BALADA (TRADUÇÃO INGLESA DE BRACE)

Exasperado por ter sido rejeitado com desdém, o gigante jurou vingança e logo atirou com seu arco uma grande flecha de pederneira contra a donzela, que morava a mais de cem quilômetros de distância. Outro pretendente, Torge, também um gigante, vendo o perigo que ela corria e desejando protegê-la, jogou seu chapéu contra a flecha atirada. O chapéu tinha trezentos metros de altura e largura e espessura proporcionais, mas ainda assim a flecha o atravessou, embora tenha acabado se fincando fora do alvo. Senjemand, vendo que havia falhado e temendo a ira de Torge, montou seu corcel e se preparou para cavalgar o mais depressa possível. O sol, entretanto, erguendo-se naquele momento acima do horizonte, transformou-o em pedra, assim como à flecha e ao chapéu de Torge, uma imensa pilha de pedra conhecida como montanha Torghatten. O povo ainda aponta para um obelisco que dizem ser a flecha de pedra; para um buraco na montanha, com noventa metros de altura e quase trinta metros de largura, que dizem ser a abertura feita pela flecha em sua passagem através do chapéu; e para o cavaleiro na ilha Senja, que parece estar montado em um corcel colossal com seu manto largo de cavaleiro sobre o corpo. Quanto à freira, cujo canto tanto perturbara Senjemand, ela também ficou petrificada e nunca mais incomodou ninguém com suas ladainhas.

O gigante e o sino da igreja

Outra lenda relata que um dos gigantes da montanha, irritado com o badalar dos sinos a mais de oitenta quilômetros de distância, certa vez ergueu uma pedra imensa e a atirou contra um edifício sagrado. Felizmente, a pedra caiu antes do alvo e se partiu ao meio. Desde então, os camponeses dizem que os trolls vêm na véspera do Natal para erguer a maior pedra encontrada sobre pilares de ouro, e dançam e festejam embaixo dela.

Uma dama, desejando saber se essa história era verdadeira, um dia mandou o noivo ao local. Os trolls o receberam e cordialmente ofereceram uma bebida de um corno ornamentado com ouro e runas. Segurando o corno, o noivo jogou fora a bebida e fugiu galopando a toda velocidade, perseguido de perto pelos trolls, de quem só escapou depois de passar por um campo de restolho e saltar um curso d'água. Alguns trolls foram visitar a dama no dia seguinte para pedir o corno de volta, e, quando ela se recusou a abrir mão do objeto, lançaram sobre ela uma maldição de que seu castelo queimaria toda vez que o corno fosse movido. A previsão se cumpriu três vezes e, hoje, a família guarda a relíquia com cuidado supersticioso. Um recipiente similar, obtido de forma muito parecida pela família Oldenburg, faz parte da coleção em exibição do rei da Dinamarca.

Os gigantes não eram estáticos; dizia-se que eles se moviam no escuro, às vezes arrastando massas de terra e areia, que despejavam aqui e ali. E assim as dunas do Norte da Alemanha e da Dinamarca teriam sido formadas.

O barco do gigante

Uma tradição frísia relata que os gigantes possuíam uma embarcação colossal chamada Mannigfual, que costumava navegar pelo oceano Atlântico. O barco era tão grande que se dizia que o capitão patrulhava o convés a cavalo, enquanto o equipamento era tão extenso e os mastros tão altos que os marinheiros subiam jovens e desciam grisalhos, depois de descansar e se revigorar em quartos montados e equipados para tal propósito nos imensos blocos e polias.

Por algum azar, aconteceu de um piloto um dia orientar a imensa embarcação na direção do mar do Norte e, desejando voltar ao Atlântico o mais depressa possível, mas sem querer arriscar manobrar em espaço tão pequeno, conduziu Mannigfual para o Canal da Mancha. Imaginem a desolação de todos a bordo quando viram a passagem ficar cada vez mais estreita conforme avançavam. Quando eles chegaram ao trecho mais estreito, entre Calais e Dover, mal parecia possível que o barco, conduzido pela correnteza, conseguisse forçar passagem por ali. O capitão, com louvável presença de espírito, logo mandou os marujos ensaboarem as laterais do barco e aplicarem uma camada a mais a estibordo, onde os penhascos escarpados de Dover se erguiam ameaçadores. Assim que essas ordens foram executadas, a embarcação penetrou o espaço estreito, e, graças à precaução do capitão, o barco deslizou e atravessou ileso. As pedras de Dover rasparam tanto sabão das laterais do barco, contudo, que desde então são particularmente brancas, e as ondas se chocando contra os rochedos ainda conservam sua aparência espumosa incomum.

Essa aventuresca experiência não foi a única pela qual Mannigfual passou. Dizem que um dia, ninguém sabe como, o barco penetrou o mar Báltico, onde, as águas não sendo muito profundas para manter a flutuação do barco dos gigantes, o capitão ordenou que jogassem ao mar todo o lastro. O material assim lançado nas águas pelos dois lados do barco formaram as ilhas de Bornholm e de Christiansø.

Princesa Ilse

Na Turíngia e na Floresta Negra, as histórias de gigantes são muitas, e uma das favoritas dos camponeses é sobre Ilse, a adorável filha do gigante de Ilsenstein. Ela era tão encantadora que em terras distantes era conhecida como Bela Princesa Ilse, sendo cortejada por muitos cavaleiros, dos quais preferia o lorde de Westerburg. Mas seu pai não aprovava a relação com um mero mortal e proibiu a filha de ver o namorado. A princesa Ilse era voluntariosa, no entanto, e, apesar da proibição do pai, visitava diariamente o rapaz. O gigante, exasperado com a persistência e a desobediência da filha, estendeu suas mãos imensas e, agarrando as pedras, cavou um grande vão entre a região onde morava e o castelo de Westerburg. Diante disso, a princesa Ilse, indo até o penhasco que a separava do amado, atirou-se impulsivamente no precipício e caiu no rio caudaloso lá embaixo, transformando-se ali em uma Ondina sedutora. Ela morou naquelas águas límpidas por muitos anos, aparecendo de quando em quando para exercer seu fascínio sobre os mortais, e até, dizem, cativar as afeições do imperador Henrique, que ia visitá-la frequentemente na cachoeira. Sua última aparição, segundo a crença popular, foi no Pentecostes, cem anos atrás; e os nativos desde então não cessam de procurar a bela princesa, que dizem ainda assombrar o rio e acenar com seus braços alvos para atrair os viajantes para dentro do jorro fresco da cachoeira.

Eu sou a Princesa Ilse,
E moro em Ilsenstein;
Vem comigo ao meu castelo,
E felizes ficaremos.

Teu rosto e teus cabelos vou lavar
Com as minhas águas claras,
Não pensarás mais nas tuas agruras,
Pelas quais pesa o teu semblante.

Com meus braços alvos à tua volta,
Deitado em meu seio tão branco,
Ficarás, e sonharás com a terra dos elfos —
Seus amores e prazeres delirantes.
PRINCESS ILSE [PRINCESA ILSE], HEINRICH HEINE
(TRADUÇÃO INGLESA DE MARTIN)

O brinquedo da giganta

Os gigantes habitavam toda a terra antes de ela ser cedida à humanidade, e só com relutância deram lugar à raça humana. Então, se retiraram para as regiões ermas e inóspitas do mundo, onde constituíram suas famílias no mais restrito isolamento.

Tamanha era a ignorância de seus filhos que uma jovem giganta, afastando-se de casa, certa vez chegou a um vale povoado, onde pela primeira vez na vida viu um lavrador arando uma encosta. Julgando se tratar de um brinquedo bonito, ela pegou o homem, os cavalos e o arado, guardou-os no avental e voltou alegre para casa para mostrar ao pai. Mas o gigante imediatamente mandou a filha levar o camponês e seus cavalos de volta aonde ela os havia encontrado, e depois que ela fez isso ele explicou, compungido, que as criaturas que a menina havia pegado não eram meros brinquedos e que um dia acabariam expulsando os gigantes para então se tornarem os senhores da terra.

capítulo

Os anões

XXIV

Homenzinhos

No primeiro capítulo, vimos que os elfos soturnos, anões ou Svartálfar foram gerados como vermes na carne do gigante assassinado Ymir. Os deuses, percebendo aquelas criaturas minúsculas, disformes, rastejando para todos os lados, deram-lhes forma e feição, e eles se tornaram conhecidos como elfos escuros, por causa de sua pele escura. Esses pequenos seres eram tão rústicos, com sua pele negra, olhos verdes, cabeças grandes, pernas curtas e rostos enrugados, que foram obrigados a se esconder embaixo da terra, com a ordem de jamais aparecer durante o dia, caso contrário seriam transformados em pedra. Embora menos poderosos do que os deuses, eles eram muito mais inteligentes do que os homens e, como seu conhecimento era ilimitado e abarcava até mesmo o futuro, deuses e homens se mostravam igualmente ansiosos por fazer perguntas a eles.

Os anões eram também conhecidos como trolls, kobolds, brownies, goblins, pucks ou povo de Huldra, de acordo com a região onde viviam.

Tu és o Troll cinzento,
De olhos verdes e grandes,
Mas eu te amo, Troll cinzento —
De tão sábio que tu és!

Conta-me de madrugada,
Conta-me tudo que sabes —
Diga, por que eu nasci?
Diga, por que eu cresci?
THE LEGEND OF THE LITTLE FAY [A LENDA DA PEQUENA FADA], BUCHANAN

O Tarnkappe

Esses pequenos seres eram capazes de se movimentar com uma rapidez fantástica. Adoravam se esconder atrás de pedras e repetir, maliciosamente, as últimas palavras das conversas que entreouviam de seus esconderijos. Devido a esse truque bem conhecido, os ecos eram chamados de "conversa de anões", e as pessoas imaginavam que o motivo de os causadores desses sons nunca serem vistos era que todo anão era orgulhoso proprietário de um minúsculo manto vermelho que tornava invisível quem o vestisse. Esse manto se chamava Tarnkappe, e sem ele os anões não ousavam aparecer na superfície da terra depois que o sol nascia, com medo de virarem pedra. Quando usavam o manto, os anões estavam a salvo desse perigo.

> *Adeus! Que o sol não me veja —*
> *Não ouso permanecer;*
> *Filho de elfo, tu me verás*
> *Pedra virar aos raios dele.*
> LA MOTTE FOUQUÉ (TRADUÇÃO INGLESA DE KEIGHTLEY, EM *THE FAIRY MYTHOLOGY*)

A lenda Kalundborg

Helva, filha do nobre senhor de Nesvek, era amada por Esbern Snare, mas a relação foi proibida pelo orgulhoso pai com as seguintes palavras de desdém: "Quando construíres uma igreja imponente em Kalundborg, aí então te darei Helva como esposa."

Só que Esbern, ainda que de origem pobre, tinha um coração tão orgulhoso quanto o do nobre e decidiu que, não importando o que acontecesse, encontraria um modo de conquistar sua cobiçada noiva. E assim ele foi visitar um troll na colina de Ullshoi e fez um acordo segundo o qual o troll construiria uma bela igreja e, quando estivesse pronta, Esbern adivinharia o nome do construtor ou daria ao troll seus olhos e seu coração.

Noite e dia, o troll trabalhou, e, conforme a igreja foi tomando forma, mais triste foi ficando Esbern Snare. À noite, ficava ouvindo nas reentrâncias da encosta e, durante o dia, vigiava. Converteu-se em uma sombra de tantos pensamentos angustiados, até que foi aos elfos pedir ajuda. Mas nada adiantou. Ele não ouviu nenhum som nem viu nada que sugerisse o nome do construtor.

Nesse ínterim, houve muitos rumores, e a bela Helva, sabendo do pacto maligno, rezou pela alma do homem infeliz.

O tempo passou, até que só faltava um pilar da igreja; desesperado, Esbern tombou exausto em uma ribanceira, de onde ouviu o troll martelando a última pedra embaixo da terra. "Como fui tolo", ele disse amargamente. "Construí minha própria sepultura."

Nesse momento, ele ouviu passos leves se aproximando, ergueu os olhos e viu sua amada. "Eu queria morrer em seu lugar", ela disse, com os olhos cheios de lágrimas, e então Esbern confessou que por seu amor ele havia arriscado os olhos, o coração e a alma.

Enquanto o troll martelava embaixo da terra, Helva rezou junto a seu amado, e as orações da donzela prevaleceram sobre a maldição do troll, pois de repente Esbern ouviu o som de uma esposa troll cantando para o bebê troll, consolando-o ao dizer que no dia seguinte Papai Fin voltaria trazendo os olhos e o coração de um mortal.

Confiante de ter sua vítima assegurada, o troll foi a Kalundborg com a última pedra. "Tarde demais, Fin!", proferiu Esbern, e com isso o troll sumiu com sua pedra. Diz-se que os camponeses ouviam, no meio da noite, os soluços de uma mulher embaixo da terra, e a voz do troll dando-lhe uma bronca.

Do Troll da Igreja, cantam a runa
No mar do Norte, na lua cheia;
E os pescadores da Zelândia escutam
O Troll brigar com a esposa em Ullshoi.

E rumo ao mar, além das bétulas,
Ainda se vê a igreja de Kalundborg,
Onde, no altar, o primeiro casal
Foi Helva de Nesvek e Esbern Snare!
KALLUNDBORG CHURCH [IGREJA DE KALUNDBORG],
J.G. WHITTIER

A mágica dos anões

Os anões, assim como os elfos, eram governados por um rei conhecido em vários países do Norte da Europa como Andvari, Alberich, Elbegast, Gondemar, Laurin ou Oberon. Ele vivia em um magnífico palácio subterrâneo, cravejado de gemas preciosas que seus súditos haviam minerado do seio da terra e, além de incontáveis riquezas e do manto Tarnkappe, tinha um anel mágico, uma espada invencível e um cinturão que lhe dava força. Às suas ordens, os homenzinhos, que eram ferreiros muito inteligentes, fabricavam joias e armas maravilhosas, que o rei concedia a seus mortais favoritos.

Já vimos como os anões fabricaram os cabelos dourados de Sif, o barco Skidbladnir, a ponta da lança Gungnir, de Odin, o anel Draupnir, o javali de cerdas douradas Gullinbursti, o martelo Mjölnir e o colar dourado Brisingamen, de Freya. Dizem que eles também forjaram o cinturão mágico que Spenser descreve em seu poema "Faerie Queene" [Rainha das fadas] — um cinturão que teria o poder de revelar se quem o usava era virtuoso ou hipócrita.

O cinturão dava o dom do amor casto
E vida conjugal honesta a toda prova;
Mas aquela que devassa se provasse
Não poderia mais usá-lo na cintura,
Pois cairia frouxo ou cortaria o corpo.
FAERIE QUEENE [RAINHA DAS FADAS], EDMUND SPENSER

Os anões também fabricaram a mítica espada Tyrfing, capaz de cortar ferro e pedra, que deram a Angantyr. Essa espada, como a de Frey, combatia por vontade própria e, uma vez desembainhada, não podia ser guardada até que provasse sangue. Angantyr era tão orgulhoso de sua espada que mandou que a enterrassem consigo; mas sua filha, Hervor, visitou a sepultura à meia-noite, recitou encantos mágicos e obrigou o pai a se levantar da tumba e lhe dar a preciosa lâmina. Ela empunhou-a com coragem, e a espada acabou se tornando propriedade de outros heróis nórdicos.

Outra arma famosa, que segundo a tradição foi forjada pelos anões nas terras orientais, foi a espada Angurvadal que Frithiof recebeu como parte da herança de seus pais. O punho era de ouro forjado, e a lâmina tinha inscrições rúnicas que ficavam apagadas até que a arma fosse brandida em combate, quando as runas se inflamavam e ficavam rubras como a crista de um galo de briga.

Logo, perdido se viu o herói
Vendo na noite da batalha a lâmina inflamada de runas.
Vasta fama tinha essa espada, das espadas favoritas do Norte.
FRITHIOF'S SAGA [SAGA DE FRITHIOF], ESAIAS TEGNÉR
(TRADUÇÃO INGLESA DE G. STEPHENS)

A travessia dos anões

Os anões costumavam ser gentis e prestativos. Às vezes eles sovavam o pão, moíam a farinha, preparavam a cerveja, realizavam inúmeras tarefas domésticas, colhiam e batiam o trigo para os lavradores. Se eram maltratados, contudo, ou ridicularizados, esses pequenos seres abandonavam a casa e nunca mais voltavam. Quando os deuses antigos deixaram de ser cultuados nas terras nórdicas, os anões se retiraram totalmente da região, e um barqueiro relatou ter sido contratado por um misterioso personagem para ficar atravessando o rio de um lado para outro certa noite, e a cada viagem o barco ficava tão carregado de passageiros invisíveis que quase afundava. Encerrada a noite de trabalho, ele recebeu uma rica recompensa, e seu cliente informou que ele havia transportado os anões para o outro lado rio e que eles estavam indo embora para sempre em consequência da descrença do povo.

Crianças trocadas

Segundo a superstição popular, os anões, com inveja da estatura dos humanos, muitas vezes tentavam melhorar sua descendência conquistando esposas humanas ou roubando crianças sem batismo, substituindo-as por seus próprios filhos para serem criados por mães humanas. Esses bebês anões eram conhecidos como "crianças trocadas" e reconhecíveis por serem franzinos e enrugados. Para recuperar o próprio bebê e se livrar da criança trocada, a mulher era obrigada ora a fazer cerveja em cascas de ovo, ora a passar gordura nas solas dos pés da criança e segurá-los tão perto do fogo que, atraídos pelos gritos aflitos do filho, os pais anões correriam para buscar de volta o seu e devolver o roubado.

Dizia-se que as mulheres trolls tinham o poder de se transformar em Maras, ou pesadelos, e atormentar quem bem entendessem. Porém, se um homem vitimado conseguia fechar o buraco por onde a Mara entrara em seu quarto, ela ficava inteiramente à sua mercê, e o homem podia até obrigá-la a se casar com ele, caso quisesse. Uma esposa assim obtida ficaria presa enquanto a abertura por onde ela entrou na casa permanecesse fechada, mas se a rolha fosse removida, por acidente ou de propósito, ela imediatamente ia embora e nunca mais voltava.

Os Picos dos Trolls

Naturalmente, as tradições do povo pequeno abundam por todo o Norte, e muitos lugares são associados à sua memória. Dizem que os famosos Picos dos Trolls, ou Trold-Tindterne, na Noruega, são o cenário de um conflito entre dois bandos de trolls que, no afã do combate deixaram de notar a aproximação do sol, sendo então transformados em pequenos pontos rochosos que se destacam nitidamente na crista da montanha.

Uma conjectura

Alguns autores arriscaram uma conjectura de que os anões tantas vezes mencionados nas antigas sagas e nos contos de fadas eram seres reais. Provavelmente, eram mineiros fenícios, que, trabalhando com carvão, ferro, cobre, ouro e estanho, na Inglaterra, na Noruega, na Suécia etc., se aproveitavam da singeleza e da credulidade dos primeiros moradores para fazê-los acreditar que pertenciam a uma raça sobrenatural, que sempre viveu embaixo da terra, em uma região que ficaria sendo chamada de Svartalfaheim, ou lar dos elfos soturnos.

Capítulo

Os elfos

XXV

A dança dos elfos
N.J.O. BLOMMÉR

A terra das fadas

Além dos anões, havia outra numerosa classe de minúsculas criaturas chamadas Ljósálfar, elfos da luz ou brancos, que habitavam os domínios do ar entre o céu e a terra e eram gentilmente governados pelo caloroso deus Frey, abrigado em seu palácio em Alfheim. Eles eram seres adoráveis, benéficos, tão puros e inocentes que, segundo alguns especialistas, seu nome derivava da mesma raiz da palavra latina para "branco" (*albus*), que, em forma modificada, nomeou os Alpes nevados e Albion (Inglaterra), devido a seus penhascos calcários brancos que podiam ser vistos de muito longe.

Os elfos eram tão pequenos que conseguiam se mover rapidamente sem ser vistos enquanto cuidavam das flores, dos pássaros e das borboletas; e como gostavam apaixonadamente de dançar, costumavam descer até a terra deslizando em um raio de luar para dançar na relva. De mãos dadas, eles dançavam em círculos, formando assim os "anéis de fadas", evidentes pelo verde mais escuro e pela maior exuberância da relva onde seus pezinhos haviam pisado.

Elfos alegres, fazendo ciranda,
Ao som de menestréis vaporosos,
Anéis de esmeralda em campo castanho
Formam, ágeis, jocosos.
"THE LAY OF THE LAST MINSTREL" [LAI DO ÚLTIMO MENESTREL],
SIR WALTER SCOTT

Se um mortal parasse no meio de um desses anéis feéricos, seria capaz, segundo a crença popular na Inglaterra, de ver as fadas e os elfos e receber seus favores; mas os escandinavos e teutões juravam que o infeliz acabava morrendo. Em uma ilustração dessa superstição, conta-se a história de como *sir* Olavo, cavalgando a caminho do próprio casamento, foi atraído pelas fadas para seu círculo. No dia seguinte, em vez de um feliz casamento, seus amigos testemunharam um triplo funeral, pois a mãe e a noiva do rapaz também morreram ao ver o corpo sem vida dele.

> *Mestre Olavo galopava antes da madrugada,*
> *Chegando onde os Elfos dançavam.*
> *Ciranda tão alegre,*
> *Tão alegre na campina.*
>
> *Na manhã seguinte, antes do dia esquentar,*
> *Na casa de Olavo, jaziam três corpos na sala de estar.*
> *Ciranda tão alegre,*
> *Tão alegre na campina.*
>
> *Primeiro Mestre Olavo, segundo a moça prometida,*
> *E terceiro a velha mãe — de tristeza falecida.*
> *Ciranda tão alegre,*
> *Tão alegre na campina.*
> MASTER OLOF AT THE ELFIN DANCE [MESTRE OLAVO NA DANÇA DOS ELFOS]
> (TRADUÇÃO INGLESA DE HOWITT)

A dança dos elfos

Esses elfos, chamados de fadas ou sílfides na Inglaterra, eram também músicos entusiastas e adoravam especialmente certa canção conhecida como a "Dança dos elfos", tão irresistível que ninguém conseguia ouvi-la sem dançar. Se um mortal, entreouvindo a ária, arriscasse reproduzi-la, ele subitamente se via incapaz de parar e era obrigado a tocá-la sem cessar até morrer de exaustão, a não ser que fosse hábil o bastante para tocar a melodia de trás para frente ou que alguém por caridade cortasse as cordas de seu violino. Seus ouvintes, obrigados a dançar enquanto a música durasse, só conseguiam parar quando a música acabava.

Os fogos-fátuos

No período medieval, os fogos-fátuos eram conhecidos no Norte como luzes dos elfos, pois esses minúsculos espíritos supostamente desorientavam os viajantes; e segundo a superstição popular, os espíritos de Joões Galafoices eram espíritos inquietos de assassinos obrigados a voltar aos cenários de seus crimes. Em suas caminhadas noturnas, dizia-se que eles repetiam, contrariados, a cada passo: "Está certo." Mas quando voltavam, reiteravam tristonhos: "Está errado."

Oberon e Titânia

Posteriormente, especulou-se que as fadas ou os elfos seriam governados pelo rei dos anões, que, sendo um espírito subterrâneo, era considerado um demônio, e que obtivera a permissão de conservar o poder mágico arrancado do deus Frey pelos missionários. Na Inglaterra e na França, o rei das fadas era conhecido pelo nome de Oberon. Ele governava ao lado de sua rainha Titânia, e as maiores diversões da terra ocorriam na noite da Festa do Solstício de Verão, quando todas as fadas se congregavam em torno do rei e dançavam com mais alegria.

> *Todo elfo e fada que têm asa*
> *Entre, qual pássaro, no jogo;*
> *E esta canção cantem comigo,*
> *Com dança alegre e som amigo.*
> SONHO DE UMA NOITE DE VERÃO, SHAKESPEARE

Acreditava-se que esses elfos, como os duendes, os brownies, o povo huldra, os kobolds etc. visitavam moradias humanas, e se dizia que tinham um prazer malicioso em emaranhar e dar nós nas crinas e nos rabos dos cavalos. Esses nós eram conhecidos como nós de elfos, e sempre que um agricultor os avistava dizia que seus cavalos tinham sido montados pelos elfos durante a noite.

Alf-blot

Na Escandinávia e na Alemanha, eram feitas oferendas aos elfos para atrair seus favores. Essas oferendas consistiam de animais pequenos ou de uma tigela de mel e leite, e eram conhecidas como Alf-blot. Eram muito comuns até os missionários ensinarem ao povo que os elfos eram meros demônios, quando então a função dos elfos foi transferida aos anjos, aos quais durante muito tempo foram dirigidas súplicas para favorecer os mortais e propiciar as mesmas dádivas.

Muitos elfos viviam e morriam com as árvores e as plantas pelas quais eram responsáveis, mas essas donzelas do musgo, da madeira ou da árvore, embora notavelmente belas quando vistas de frente, eram vazias como um tubo quando vistas de costas. Elas aparecem em muitos contos populares, mas quase sempre como espíritos benignos e solícitos, pois ansiavam por fazer o bem aos mortais e cultivar relações amistosas com eles.

Imagens nos batentes das portas

Na Escandinávia, os elfos, tanto os luminosos quanto os sombrios, eram cultuados como divindades domésticas, e talhavam-se suas imagens nos batentes das portas. Os nórdicos, que foram expulsos de sua terra pela tirania de Haroldo I, o Belos-Cabelos, em 874, levaram os batentes entalhados consigo em seus barcos. Entalhes similares, incluindo imagens de deuses e de heróis, decoravam os espaldares de suas cadeiras altas, que eles também levaram embora consigo. Os exilados mostraram sua confiança em seus deuses atirando essas imagens de madeira ao mar quando se aproximaram da costa islandesa e se estabelecendo no local aonde as ondas levaram esses pedaços de madeira esculpida, mesmo que o local não parecesse o mais desejável. "Assim levaram consigo a religião, a poesia e as leis de seu povo, e nessa desolada ilha vulcânica mantiveram esses registros inalterados por centenas de anos, enquanto outros povos teutônicos aos poucos se deixaram afetar por sua relação com a cristandade romana e bizantina." Esses registros, cuidadosamente coligidos por Semundo, o Erudito, formam a *Edda em Verso*, relíquia mais preciosa da antiga literatura nórdica, sem a qual saberíamos relativamente pouco sobre a religião dos antigos povos nórdicos.

As sagas relatam que as primeiras colônias na Groenlândia e na Vinlândia (no Canadá) foram feitas da mesma maneira — os nórdicos piamente desembarcando no local onde seus deuses domésticos acabaram encalhando na costa.

Os elfos brancos
CHAS. P.
SAINTON, R.I.

capítulo

A saga de Sigurd

XXVI

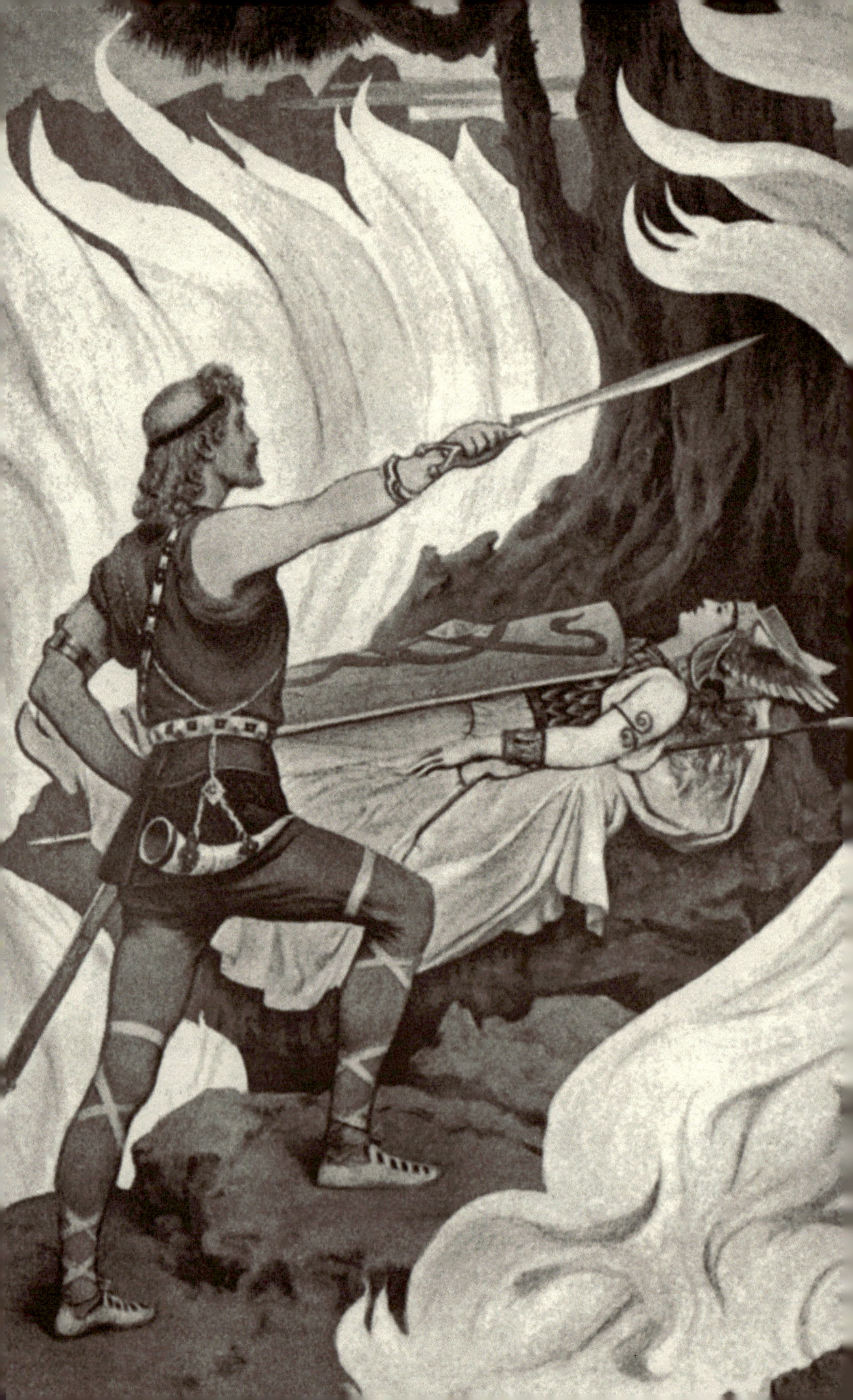

O início da história

A primeira parte da *Edda em Verso* consiste de uma coleção de poemas aliterativos descrevendo a criação do mundo, as aventuras dos deuses e sua derrocada final, além de uma exposição completa do código de ética nórdico. Já a segunda parte abrange uma série de lais heroicos relatando as proezas da família dos Volsungos, e especialmente de seu principal representante, Sigurd, o herói favorito do Norte.

A saga dos Volsungos

Esses lais formam a base do grande épico escandinavo, a *Saga dos Volsungos*, e forneceram não apenas os materiais para a *A canção dos Nibelungos*, o épico alemão, e para inúmeros contos populares, mas também para as célebres óperas de Wagner *O ouro do Reno*, *As Valquírias*, *Siegfried* e *O crepúsculo dos deuses*. Na Inglaterra, William Morris deu a eles a forma que provavelmente conservarão na literatura, e é dessa versão desse grande poema épico, graças à cortesia da permissão por parte de seus herdeiros e de seus editores, os senhores Longmans, Green and Co., que quase todas as citações desta seção são retiradas, com exceção de alguns poucos extratos diretos da *Edda*.

Sigi

A história dos Volsungos começa com Sigi, filho de Odin, um homem poderoso e respeitado por todos, até o momento em que mata um homem que abateu mais animais do que ele quando foram caçar juntos. Em consequência desse crime, Sigi foi expulso da própria terra e declarado fora da lei. Mas pelo jeito ele não foi inteiramente esquecido por Odin, pois o deus então forneceu a ele uma embarcação bem equipada, além de diversos valentes seguidores, e prometeu que ele sempre sairia vitorioso.

IMAGEM
Sigurd encontra Brunhilda
J. WAGREZ

Com esse auxílio de Odin, os ataques de Sigi se tornariam o terror de seus adversários, e no final ele derrotou o glorioso império dos hunos e por muitos anos reinou como poderoso monarca. Mas com idade muito avançada, sua sorte mudou, Odin abandonou-o, os parentes de sua esposa se voltaram contra ele, e Sigi foi assassinado em uma emboscada.

Rerir

A morte de Sigi logo seria, contudo, vingada por Rerir, seu filho, na volta de uma expedição durante a qual se ausentara de sua terra. Seu primeiro ato ao subir ao trono foi condenar os assassinos do pai à morte. O reinado de Rerir foi marcado por todos os indícios de prosperidade, mas seu maior desejo, um filho que o sucedesse, permaneceu insatisfeito por muitos anos. Por fim, no entanto, Frigga decidiu atender a suas súplicas constantes e permitiu que ele tivesse o herdeiro pelo qual tanto ansiava. Com esse intuito, ela mandou seu veloz mensageiro Gná, ou Liod, levar uma maçã milagrosa, que ele deixou cair no colo de Rerir, quando este se encontrava sozinho em uma colina. Olhando de relance para cima, Rerir reconheceu o emissário da deusa e alegremente correu para casa, onde dividiu a maçã com a esposa. A criança que no tempo devido nasceu sob tais auspícios favoráveis foi um lindo rapazinho. Os pais deram-lhe o nome de Volsungo, e ele se tornou rei naquelas terras ainda criança, após a morte dos pais.

Volsungo

Os anos se passaram e a riqueza e o poder de Volsungo só prosperaram. Ele era o líder mais corajoso que havia e agregou muitos valentes guerreiros à sua volta. Muitas vezes, eles beberam seu hidromel debaixo de Barnstokkr, um imenso carvalho que, erguendo-se no meio de seu salão, perfurava o teto e sombreava a casa inteira.

> *Como em todos outros casos, sua casa, mais formosa,*
> *E o menor de seus escudos, de alguma guerra famosa,*
> *E lá dentro uma maravilha, uma glória de se olhar,*
> *Pois no meio do edifício se erguia uma grande árvore,*

Com galhos além do telhado, acima da cumeeira,
Com a glória do verão e a grinalda do ano inteiro.

Dez filhos robustos nasceram de Volsungo, e depois uma filha, Signy, veio para alegrar seu lar. Tão adorável era essa donzela que, quando chegou a idade de casar, muitos pretendentes pediram sua mão, entre os quais Siggeir, rei dos godos, que obteve o consentimento de Volsungo, embora Signy nunca o tivesse visto.

O casamento de Signy

Quando chegou o dia do casamento, e a noiva finalmente viu aquele que estava destinado a ser seu marido, ela estremeceu de desgosto, pois o porte frágil e o olhar abatido do pretendente contrastavam tristemente com os corpos fortes e os semblantes francos de seus irmãos. Mas era tarde demais para recuar, pois a honra da família estava em jogo, e Signy disfarçou tão bem seu desgosto que ninguém além de seu irmão gêmeo Sigmund desconfiou da relutância com que ela se tornou esposa de Siggeir.

A espada no Barnstokkr

No meio da festa do casamento, quando a alegria estava em seu ápice, a entrada do salão subitamente ensombreceu com o vulto alto de um homem caolho, coberto em um manto azul-cinzento. Sem proferir palavra ou olhar para ninguém, o desconhecido caminhou até o Barnstokkr e cravou até o cabo uma espada reluzente no grande tronco da árvore. Então, virando-se devagar, ele olhou para os convidados espantados e calados e disse que a espada seria do guerreiro capaz de retirá-la de sua bainha de carvalho, e que aquela arma garantiria ao guerreiro a vitória em qualquer batalha. Com essas palavras, ele saiu da mesma forma que entrou, deixando na mente de todos a convicção de que se tratava de Odin, rei dos deuses.

Tão doce a sua fala, tão sábias palavras disse,
Que imóveis todos ficaram, como em sonho feliz,
Ficamos parados para não acordar; mas, encerrada a prosa,

> *Ele deixou o salão e se dirigiu lá para fora;*
> *E ninguém perguntou nada, nem dele foi atrás,*
> *Pois sabiam que era Odin quem dera a famosa espada.*

Volsungo foi o primeiro a recuperar a fala e, abrindo mão de seu direito de tentar primeiro a proeza, convidou Siggeir para fazer a tentativa de tirar a espada divina do tronco da árvore. Ansioso, o noivo puxou e forçou, mas a espada continuou firmemente fincada no carvalho, então ele voltou para o seu lugar, com ar de tristeza. Em seguida, Volsungo tentou, também sem sucesso. Era evidente que a arma não estava destinada a nenhum dos dois, e os jovens príncipes Volsungos foram a seguir convidados a provar sua força.

> *Filhos que tive e amei, agora venham tentar;*
> *Para Odin não contar no céu de sua conduta errada,*
> *De como a quem não queria ele deu sua espada.*

Sigmund

Os nove filhos mais velhos foram igualmente malsucedidos; mas quando Sigmund, o décimo e mais novo, pôs a mão jovem e firme no cabo, a espada se soltou facilmente a seu toque, e ele com triunfo a retirou do tronco como se a sacasse de uma bainha.

> *Enfim, junto ao Barnstokkr, Sigmund Volsungo postou-se,*
> *E com a mão direita destra em batalha segurou o cabo precioso,*
> *Mas de modo descuidado, como se julgasse ser em vão;*
> *Quando, ai, do piso ao teto, ergueu-se um grito tremendo,*
> *Pois toda na mão de Sigmund estava a espada reluzente*
> *Quando acima da cabeça a brandiu: pois a arma estava solta*
> *Do aperto do cerne do Barnstokkr, qual se frouxa sempre fora.*

Quase todos os presentes ficaram gratos diante do sucesso do jovem príncipe; mas o coração de Siggeir ficou cheio de inveja, e ele cobiçou a posse da espada. Ele se ofereceu para comprá-la de seu jovem cunhado, mas Sigmund se recusou a abrir mão da espada por qualquer preço, declarando que era evidente que a arma havia sido destinada a ele. Essa recusa ofendeu tanto a Siggeir que secretamente ele decidiu exterminar os orgulhosos Volsungos e se apossar da espada ao mesmo tempo que daria vazão a seu ódio pelos novos parentes.

Disfarçando sua insatisfação, contudo, ele se virou para Volsungo e cordialmente o convidou a visitar sua corte no mês seguinte, na companhia de seus filhos e parentes. O convite foi aceito no mesmo instante e, embora Signy, suspeitando de maldade, em segredo procurasse o pai enquanto o marido dormia e implorasse para ele desistir da promessa e ficar em casa, Volsungo não consentiu em voltar atrás em sua palavra e assim demonstrar medo.

A perfídia de Siggeir

Algumas semanas depois do retorno dos noivos, portanto, os barcos bem tripulados de Volsungo chegaram à costa das terras de Siggeir. Signy ficara esperando aflita e, quando os avistou, correu para a praia para implorar aos parentes que não desembarcassem, alertando-os de que o marido planejava uma emboscada da qual eles não conseguiriam escapar com vida. Mas Volsungo e seus filhos, a quem nenhum perigo amedrontava, calmamente mandaram-na voltar ao palácio do marido e portando suas armas, pisaram com coragem em terra firme.

> Então Volsungo a beijou delicadamente: "Sofro por ti,
> Mas a Terra já ouviu, antes de nascer eu já disse;
> Que jamais recuaria de espada ou fogo inimigo;
> — Mantive essa palavra até hoje, e devo agora mudar o que
>   [sempre digo?
> E vê bem estes teus irmãos, tão bons e tão grandes que são,
> Queres que as moças zombem deles, passada essa dor em vão,
> E depois nos banquetes se espalhe que temeram o golpe fatal?
> Façamos nosso dever diário pelo bem do povo e a glória geral;
> E se as Nornas quiserem que os Volsungos pereçam,
> Ao menos haverá um feito imortal, e um nome que não esqueçam."

Aconteceu como Signy havia dito, pois a caminho do palácio a pequena tropa de valentes caiu na emboscada de Siggeir; embora tenham lutado com coragem heroica, estavam em número tão inferior a seus inimigos que Volsungo foi morto e todos os seus filhos, feitos prisioneiros. Os rapazes foram levados agrilhoados à presença do covarde Siggeir, que não havia participado da luta, e Sigmund foi obrigado a lhe entregar a preciosa espada; depois disso, ele e seus irmãos foram condenados à morte.

Signy, ouvindo a cruel sentença, em vão tentou interceder pelos irmãos – o máximo que ela obteve com suas súplicas foi que eles fossem acorrentados a um carvalho derrubado na floresta para morrer de fome e de sede, se os animais selvagens não acabassem com eles antes. Então, para impedir que ela visitasse e socorresse os irmãos, Siggeir confinou a esposa no palácio, onde era vigiada noite e dia.

A cada manhã, bem cedo, Siggeir enviava um mensageiro à floresta para verificar se os Volsungos ainda estavam vivos, e todos os dias o mensageiro voltava dizendo que um monstro viera à noite e devorara um dos príncipes, deixando apenas os ossos. Por fim, quando apenas Sigmund restava vivo, Signy pensou em um plano e convenceu uma criada a levar um pouco de mel até a floresta e espalhar no rosto e na boca de seu irmão.

Quando o animal apareceu naquela noite, atraído pelo cheiro do mel, lambeu o rosto de Sigmund e até enfiou a língua em sua boca. Mordendo a língua do animal, Sigmund, mesmo fraco e ferido como estava, prendeu-se ao monstro, que ao se debater vigorosamente acabou rompendo as correntes. Sigmund conseguiu matar o animal que havia devorado seus irmãos, para depois sumir na floresta, onde permaneceu escondido até que o mensageiro do rei viesse, como sempre. Então vislumbrou Signy, livre de seu cativeiro, correndo à floresta para chorar sobre os restos de seus parentes mortos.

Vendo a profunda tristeza da irmã e sabendo que ela não havia participado das crueldades de Siggeir, Sigmund saiu de seu esconderijo e consolou-a da melhor forma que pôde. Juntos eles enterraram os ossos, e Sigmund fez um juramento solene de vingar as maldades cometidas contra sua família. Esse juramento foi plenamente aprovado por Signy, que, no entanto, mandou seu irmão se esconder até o momento mais propício, prometendo enviar-lhe ajuda. Então o irmão e a irmã se despediram com tristeza, ela voltou para seu odioso palácio, e ele para uma parte remota da floresta, onde construiu uma minúscula cabana e se dedicou ao ofício de ferreiro.

> *E dizem os homens que Signy chorou*
> *Quando deixou o último irmão: mas não chorou nunca mais*
> *Entre os nobres de Siggeir, e adorável como sempre*
> *Era seu rosto aos outros homens: não se alterava por pena,*
> *Nem por medo, nem saudade; nem ninguém nunca viu cena*
> *Em que ela acaso risse, até o final de seus dias.*

Os filhos de Signy

Siggeir então se apoderou do reino Volsungo e, durante os anos seguintes, acompanhou com orgulho o crescimento de seu filho mais velho. Quando o menino completou dez anos, Signy o enviou para o irmão em segredo para que o treinasse e pudesse ajudá-lo a obter vingança, caso se provasse digno da tarefa. Sigmund aceitou a incumbência com relutância; mas, assim que testou o menino, descobriu que lhe faltava coragem física, de modo que o devolveu à mãe, ou, segundo algumas versões, assassinou o sobrinho.

Algum tempo depois, o segundo filho de Signy foi enviado à floresta com o mesmo propósito, mas Sigmund o considerou igualmente pouco corajoso. Estava claro que ninguém senão um puro-sangue Volsungo serviria à sombria tarefa da vingança, e Signy, percebendo isso, decidiu cometer um crime.

> *E assim que escureceu ela murmurou: "Onde estava a antiga canção*
> *De que os Deuses nasciam gêmeos, e não consideravam erro então*
> *Mesclar-se em benefício do mundo, como teriam nascido os Aesir,*
> *E os Vanir e os Anões, e todo o povo da terra?"*

Tomada sua decisão, ela invocou uma feiticeira jovem e bela, e, trocando de forma com ela, foi até a floresta e se abrigou na cabana de Sigmund. O Volsungo não percebeu o disfarce da irmã. Considerou-a a cigana que ela parecia ser e, logo conquistado por sua sedução, fez dela sua esposa. Três dias depois, ela despareceu da cabana. Voltando ao palácio, retomou sua própria forma e, quando em seguida deu à luz um menino, ficou feliz ao ver em seu olhar ousado e em seu corpo forte a promessa de um verdadeiro herói Volsungo.

Sinfiotli

Quando Sinfiotli, como o menino foi chamado, tinha dez anos de idade, ela mesma fez um teste de sua coragem, costurando a roupa na pele do filho e depois arrancando-a subitamente. Como o corajoso menino nem mesmo piscou, mas apenas riu alto, ela sentiu-se confiante e o mandou para a cabana na floresta. Sigmund logo preparou seu teste de costume e, deixando a cabana um dia, mandou Sinfiotli tirar farinha de certo saco, sovar e fazer pão. Ao voltar para casa, perguntou se suas ordens haviam sido cumpridas. O menino respondeu mostrando o pão e, quando perguntado, confessou com toda a franqueza que fora obrigado a incluir na massa uma grande víbora que estava escondida no saco. Satisfeito ao ver que o menino, por quem sentia uma estranha afeição, havia passado no teste que acovardara seus irmãos, Sigmund mandou que ele não comesse aquele pão, pois, embora ele próprio fosse imune à picada de répteis, o menino não podia, como seu mentor, provar incólume o mesmo veneno.

Aqui a história dos anciãos faz os homens imaginarem,
Que tal era a têmpera de Sigmund entre os reis terrenos,
Que ileso lidava com víboras e outras criaturas ferinas,
E podia imune beber veneno: mas Sinfiotli era de tal lavra
Que picada alguma de ser rastejante seu corpo afetava.

Os lobisomens

Sigmund então começou a ensinar pacientemente a Sinfiotli tudo que um guerreiro do Norte deveria saber, e logo os dois se tornaram companheiros inseparáveis. Um dia, percorrendo a floresta juntos, encontraram uma cabana, onde viram dois homens mergulhados em um sono profundo. Ao lado, havia duas peles de lobo penduradas, que sugeriam que os desconhecidos fossem lobisomens a quem um feitiço cruel impedia de assumirem sua forma natural exceto por um curto espaço de tempo. Instigados pela curiosidade, Sigmund e Sinfiotli vestiram as peles e logo estavam disfarçados de lobo correndo pela floresta, matando e devorando tudo o que viam pela frente.

Tamanhas eram suas paixões lupinas que logo eles atacaram um ao outro e, após uma feroz disputa, Sinfiotli, mais jovem e mais fraco, tombou morto. Essa catástrofe fez Sigmund cair em si, e ele abraçou desesperado o companheiro morto. Naquele instante, ele viu duas doninhas que saíram da floresta e se atacaram mutuamente até que uma tombou morta. A doninha vitoriosa então correu para dentro da mata e voltou com uma folha, que depôs sobre o peito da companheira falecida. Então se viu uma coisa maravilhosa, pois ao toque da planta mágica o animal morto voltou à vida. No momento seguinte, um corvo voando sobre ele soltou uma folha similar aos pés de Sigmund, e ele, entendendo que os deuses desejavam ajudá-lo, depôs a folha sobre Sinfiotli, que no mesmo momento recuperou a vida.

Com medo de que pudessem causar mais algum mal um ao outro, Sigmund e Sinfiotli então voltaram para casa e pacientemente aguardaram o momento de se livrar do feitiço. Para seu grande alívio, as peles de lobo se soltaram na nona noite, e eles logo trataram de atirá-las no fogo, onde se consumiram totalmente, e assim o feitiço foi rompido para sempre.

Sigmund e Sinfiotli capturados por Siggeir

Sigmund então confessou a história de seus desagravos a Sinfiotli, o qual jurou que, embora Siggeir fosse seu pai (pois nenhum dos dois sabia o segredo de seu nascimento), ele o ajudaria em sua vingança. Ao anoitecer, portanto, ele acompanhou Sigmund até o salão do rei, no qual entraram sem ser percebidos, escondendo-se no porão, atrás de imensos barris de cerveja. Ali foram encontrados pelos dois filhos menores de Signy, que, quando os aros dourados com os quais brincavam rolaram para o porão, se depararam com os homens escondidos.

As crianças contaram a descoberta ao pai e seus convidados, mas, antes que Siggeir e seus homens conseguissem buscar suas armas,

Signy pegou os dois filhos, e arrastando-os para o porão mandou o irmão matar os pequenos traidores. Sigmund se recusou categoricamente a fazer isso, mas Sinfiotli decepou a cabeça das crianças e partiu para enfrentar os homens que já estavam ali para atacá-los.

Apesar de todos os esforços, Sigmund e seu valente e jovem companheiro logo caíram nas mãos dos godos, e Siggeir sentenciou-os a serem enterrados vivos no mesmo monte, com uma divisória de pedra entre eles, de modo que não pudessem se ver nem se tocar. Os prisioneiros foram assim confinados em sua sepultura ainda vivos, e seus inimigos estavam prestes a depositar as últimas pedras na cobertura quando Signy se aproximou, trazendo um cesto de palha, que permitiram que ela jogasse aos pés de Sinfiotli, pois os godos imaginavam que contivesse apenas provisões que prolongariam sua agonia sem ajudá-lo a escapar.

Quando tudo ficou em silêncio, Sinfiotli abriu o cesto, e grande foi sua surpresa ao encontrar, em vez de pão, a espada que Odin dera a Sigmund. Sabendo que nada poderia embotar ou destruir o fio agudo da exímia arma, Sinfiotli fincou-a na divisória de pedra. Ajudado por Sigmund, conseguiu abrir uma brecha, e por fim ambos escaparam pela cobertura.

> *Então o rei Sigmund se levanta na sepultura*
> *E à lâmina de guerra estende a mão sem luva;*
> *E o presente de Odin com toda força leva ao peito;*
> *Sigmund serra, Sinfiotli serra, até que a pedra rompa,*
> *Até que se encontram e se beijam: e puxam e empurram,*
> *Até que, perpassando as vigas, céus de inverno vislumbram!*
> *E saltam contentes; nem é preciso dizer,*
> *Muitas palavras trocam sobre agora o que fazer.*

A vingança de Sigmund

Assim que se viram livres, Sigmund e Sinfiotli voltaram ao salão do rei e, empilhando materiais combustíveis em volta, atearam fogo em tudo. Então, posicionando-se um de cada lado da entrada, permitiram apenas que as mulheres passassem. Eles gritaram para Signy escapar antes que fosse tarde demais, mas ela não queria mais viver. Indo até a entrada para um último abraço, teve oportunidade de sussurrar o segredo do nascimento de Sinfiotli, depois voltou para o meio das chamas e morreu com os outros.

E a árvore que cobria a casa do rei Siggeir tombou e caiu,
E as paredes imensas se chocaram, e coisas vis e mesquinhas
O fogo da morte mesclou com as do rei e as da rainha.

Helgi

Levada a cabo a vingança por tanto tempo planejada pelo assassinato dos Volsungos, Sigmund, sentindo que nada mais o prendia à terra dos godos, navegou com Sinfiotli de volta a Hunaland, onde foi calorosamente recebido em seu trono à sombra de sua árvore ancestral, o poderoso Barnstokkr. Quando sua autoridade foi plenamente estabelecida, Sigmund se casou com Borghild, uma bela princesa, que lhe deu dois filhos, Hamond e Helgi. Helgi foi visitado pelas Nornas ainda no berço, e elas lhe prometeram uma suntuosa recepção em Valhala quando sua carreira terrestre estivesse encerrada.

E a esposa era bela e meiga e lhe deu varões ilustres;
Chamaram-nos Hamond e Helgi, e quando Helgi veio à luz,
Foram as Nornas a seu berço e lhe deram uma vida fúlgida,
E chamaram-no de Colina Ensolarada, Espada Afiada, Terra dos Anéis,
E fizeram-no amável e grande, e uma alegria na história dos reis.

Os reis nórdicos geralmente confiavam a criação de seus filhos a um estrangeiro, pois julgavam que lá a criança seria tratada com menos indulgência do que em casa. Por isso, Helgi foi criado por Hagal e, sob seus cuidados, o jovem príncipe se tornou tão destemido que aos 15 anos de idade arriscou ir sozinho ao salão de Hunding, família rival da sua. Passando pelo salão ileso e sem ser reconhecido, Helgi deixou um recado insolente, o qual irritou tanto Hunding que ele imediatamente saiu em perseguição ao corajoso e jovem príncipe, a quem seguiu até a morada de Hagal. Helgi teria sido capturado, mas naquele ínterim ele havia se disfarçado de criada e ficou moendo trigo como se aquela fosse sua ocupação de costume. Os invasores ficaram impressionados com a altura e com os braços musculosos daquela criada, no entanto partiram sem desconfiar que estavam tão perto do herói que perseguiam.

Conseguindo escapar com esta artimanha sagaz, Helgi se juntou a Sinfiotli e, formando um exército, os dois rapazes marcharam destemidos para os Hundingos. Contra eles, travaram uma grande batalha, sobre a qual as Valquírias pairavam, esperando para levar os mortos a Valhala. Gudrun, uma das donzelas guerreiras, ficou tão impressionada com a coragem demonstrada por Helgi que ela mesma o abordou e prometeu ser sua esposa.

Apenas um dos Hundingos, Dag, sobreviveu e foi libertado ao comprometer-se a não tentar vingar a morte de seus parentes. Essa promessa não foi mantida, no entanto, e Dag, apossando-se da lança Gungnir de Odin, ardilosamente matou Helgi com ela. Gudrun, que nesse tempo havia cumprido a promessa de se tornar esposa de Helgi, chorou muitas lágrimas com sua morte e lançou uma maldição solene sobre o assassino; então, ouvindo uma criada dizer que o marido morto continuava chamando por ela das profundezas da sepultura, entrou destemida no monte à noite e delicadamente perguntou por que ele ainda a chamava e por que suas feridas continuavam a sangrar depois de morto. Helgi respondeu que não podia descansar feliz por causa da tristeza dela e declarou que, a cada lágrima que ela derramava, escorria uma gota do sangue dele.

Choras, ornada de ouro!
Lágrimas cruéis,
Filha ensolarada do sul!
Antes de ires dormir;
Cada gota cai sangrenta
No peito do príncipe,
Úmida, fria, penetrante,
Pesada de tristeza.
SÆMUND'S EDDA [EDDA DE SEMUNDO] (TRADUÇÃO INGLESA DE THORPE)

Para aplacar o espírito do amado marido, Gudrun a partir de então deixou de chorar. Mas eles não ficariam muito tempo separados; logo depois que o espírito de Helgi foi levado sobre a ponte Bifrost e entrou em Valhala, para se tornar um líder dos Einherjar, Gudrun se juntou a ele, mais uma vez como Valquíria, retomando seu amor pelo esposo. Quando por ordem de Odin ela deixou o lado do marido por causa de disputas humanas, foi para arregimentar novos recrutas para o exército que seu senhor conduziria à batalha quando chegasse o Ragnarök, o crepúsculo dos deuses.

A morte de Sinfiotli

Sinfiotli, o filho mais velho de Sigmund, também teve uma morte prematura; pois, havendo matado em uma disputa o irmão de Borghild, esta resolveu envenená-lo. Duas vezes Sinfiotli percebeu essa tentativa e contou ao pai que a taça estava envenenada. Duas vezes Sigmund, que era imune a todos os venenos, bebeu a taça inteira; e, quando Borghild fez uma terceira tentativa, ele disse a Sinfiotli que deixasse o vinho escorrer por sua barba. Sem entender o significado das palavras do pai, Sinfiotli bebeu a taça sozinho e caiu sem vida no chão, pois o veneno era do tipo mais fatal.

> *Ele bebeu enquanto falava, e sem demora o veneno cobriu*
> *Com calafrio seu coração e no chão o homem forte caiu*
> *Sem uma palavra de morte, sem morte alguma no semblante,*
> *E o chão do salão dos Volsungos se abalou nesse instante.*
> *Então se ergueu o mais velho com um grito alto e triste,*
> *E ergueu a cabeça do outro caído; e ninguém ousou vir*
> *Ouvir as palavras de luto, se é que palavras pronunciou,*
> *Mas tal como o Pai dos homens sobre Baldur morto falou.*
> *E outra vez, como antes do golpe fatal, o salão Volsungo escureceu,*
> *E outra vez foi como estar na floresta, onde ele falava apenas ao filho seu.*

Mudo de tristeza, Sigmund com ternura carregou o corpo do filho nos braços, e caminhou para fora do salão até a praia, onde depositou o fardo precioso em um esquife, que um velho barqueiro caolho trouxe a seu pedido. Ele bem que teria embarcado junto, mas antes que conseguisse fazê-lo o barqueiro zarpou e o barco logo sumiu de vista. O pai, compungido, então lentamente retomou o caminho de casa, consolando-se com a ideia de que o próprio Odin fora reivindicar o jovem herói e remara com ele "rumo ao Oeste".

Hjordis

Sigmund puniu Borghild destituindo-a da condição de sua esposa e rainha e, quando já estava muito velho, pediu a mão de Hjordis, bela e jovem princesa, filha de Eylimi, rei das Ilhas. Essa jovem donzela tinha muitos pretendentes, entre eles o rei Lyngi dos Hundingos, mas a fama de Sigmund era tão grande que ela aceitou de bom grado e se tornou sua esposa. Lyngi, o pretendente preterido, ficou tão furioso com essa decisão que imediatamente arregimentou um grande exército e marchou contra seu rival bem-sucedido; este, embora em menor número, combateu com a valentia dos desesperados.

Das profundezas de uma floresta que cercava o campo de batalha, Hjordis e sua criada assistiram ansiosas ao progresso da contenda. Viram Sigmund empilhar cadáveres à sua volta, pois ninguém era páreo para ele, até que um guerreiro alto e caolho de repente apareceu, e a intensidade da guerra cedeu diante do terror de sua presença.

Sem um momento de pausa, o novo campeão desferiu um golpe feroz contra Sigmund, que o velho herói protegeu com a espada. O choque destruiu a lâmina incomparável, e embora o combatente desconhecido desaparecesse tal como havia chegado, Sigmund ficou indefeso e logo sofreu uma ferida mortal por parte de seus adversários.

> *Mas eis que, através das barreiras de lanças, um homem forte avança,*
> *Caolho e parecendo idoso, mas cujo semblante brilhava como chama:*
> *Cinza e cintilante era sua túnica, e azul-cinzento era seu manto;*
> *E portava um machado duplo, enquanto perambulava entre lâminas,*
> *E ficou face a face com Sigmund, e ergueu o machado para atacar.*
> *Mais uma vez sobre a cabeça do Volsungo se impôs a luz do Barnstokkr,*
> *A espada presente de Odin; e outra vez Sigmund deu um grito*
> *Que ecoou fazendo chegar até os céus o fragor do conflito.*

> Então se chocaram os fios com o último golpe de Sigmund,
> E em estilhaços caiu por terra aquela que era o flagelo do mundo.
> Mas os olhos de Sigmund mudaram, e sumiu do rosto a ira beligerante;
> Pois o adversário de manto cinzento tinha ido embora, e em seu lugar
> Uma lança atravessou o peito volsungo de mãos vazias:
> E derrubaram Sigmund, prodígio de todas as terras,
> Sobre seus inimigos, sobre os mortos que ele mesmo fizera aquele dia.

Com a batalha vencida e morta toda a família dos Volsungos, Lyngi correu do campo de batalha para se apoderar do reino e obrigar Hjordis a se tornar sua esposa. Assim que ele partiu, no entanto, a bela e jovem rainha saiu de seu esconderijo na floresta e foi ao local onde Sigmund jazia quase morto. Ela abraçou com paixão pela última vez o herói abatido e então acatou, entre lágrimas, o pedido dele de juntar os fragmentos da espada e guardá-los como um tesouro para o filho que ele previu estar para nascer, o qual estaria destinado a vingar a morte do pai e a ser muito mais importante que ele.

> Pelos Volsungos lutei sinceramente, mas ainda assim sei muito bem
> Que alguém bem melhor do que eu essa história levará mais além:
> E por ele esses fragmentos hão de ser fundidos: e ele meu filho há de ser,
> Que lembrará o que esqueci e que fará o que deixei por fazer.

Elf, o viking

Enquanto Hjordis chorava sobre o corpo sem vida de Sigmund, sua criada de repente a alertou da aproximação de um bando de vikings. Tornando a se esconder na floresta, as mulheres trocaram de roupa uma com a outra, e Hjordis mandou que a criada fosse andando na frente e se passasse pela rainha. Assim elas foram ao encontro do viking Elf (Helfrat ou Helferich). Este recebeu gentilmente as mulheres, e a história de batalha contada por elas causou-lhe tamanha admiração por Sigmund que mandou os restos mortais do herói serem levados, com toda a reverência, até um local mais adequado, onde seriam enterrados com a devida cerimônia. Ele então ofereceu à rainha e à criada asilo seguro em seu salão, e elas de bom grado o acompanharam, cruzando o mar.

Como havia desconfiado da identidade das duas desde o início, Elf aproveitou a primeira oportunidade, ao chegar em seu reino, para fazer uma pergunta aparentemente banal para se certificar da verdade. Ele perguntou à suposta rainha como ela sabia a hora de acordar durante o inverno, quando os dias eram curtos e não havia luz para anunciar a madrugada. A mulher respondeu que, como estava acostumada a beber leite antes de dar de comer às vacas, sempre acordava com sede. Quando a mesma pergunta foi feita à verdadeira Hjordis, ela respondeu, sem refletir muito, que sabia que era de manhã porque naquela hora o anel de ouro que o pai lhe dera ficava frio em seu dedo.

O nascimento de Sigurd

Com sua desconfiança confirmada, Elf propôs casamento à suposta criada, Hjordis, prometendo criar bem seu bebê, promessa que manteve com nobreza. Quando o menino nasceu, o próprio Elf borrifou-o com água — cerimônia que os nórdicos pagãos observavam escrupulosamente — e deu-lhe o nome de Sigurd. Conforme o menino cresceu, foi tratado como filho legítimo do rei, e sua educação foi confiada a Regin, o mais sábio dos homens, que sabia todas as coisas, inclusive o próprio destino, pois lhe fora revelado que ele seria derrubado pela mão de um jovem.

De volta à casa da Criada, vivia ali um velho esquálido,
Imberbe e baixo em estatura, rosto enrugado e pálido:
Tão idoso era Regin que nenhum homem sabia dizer
Quantos anos fazia que naquelas terras ele fora viver:
Mas do filho do rei Elf, e também da Criada, ele cuidou,
E do pai de seu pai: o saber de todos os homens ele dominou
E era hábil em toda sorte de astúcia, exceto a lida da espada:
Tão doce era sua fala que os homens aceitavam cada palavra;
Suas mãos, às cordas da harpa entregues, prazer mesclavam
Com os últimos dias tristes; todas as histórias bem ele contava;

> *O Mestre dos Mestres no ofício ferreiro ele era;*
> *E lidava bem com vento, calmaria e procela;*
> *Ninguém precisava lhe ensinar de sanguessugas e sangrias,*
> *Pois antes de haver verme e homem, ele sabia quanto cada ser viveria.*

Aos cuidados desse tutor, Sigurd cresceu em sabedoria, até que houvesse poucos capazes de superá-lo. Ele dominou o ofício de ferreiro e a arte do entalhe de todo tipo de runas; aprendeu línguas, música e eloquência; e, por último, mas não menos importante, tornou-se um valente guerreiro, que ninguém era capaz de subjugar. Quando atingiu a idade adulta, Regin encorajou-o a pedir ao rei um cavalo de batalha, pedido que foi imediatamente concedido, e Gripir, o cavalariço, recebeu ordem de permitir que ele escolhesse nos estábulos reais o corcel de que mais gostasse.

A caminho da campina onde os cavalos estavam pastando, Sigurd encontrou um forasteiro caolho, vestido de cinza e azul, que abordou o rapaz e mandou que ele levasse os cavalos para dentro do rio e escolhesse aquele capaz de atravessar a correnteza com menor dificuldade.

Sigurd acatou de bom grado o conselho e, ao chegar ao pasto, levou os cavalos para o rio que por ali corria. Um dos cavalos, depois de atravessar, deu meia-volta e, mergulhando outra vez nas águas, voltou ao pasto anterior sem dar sinais de fadiga. Sigurd, portanto, não hesitou em escolhê-lo e deu a ele o nome de Grani, ou Greyfell. O corcel era descendente do cavalo Sleipnir, a montaria de oito patas de Odin, e, além de ser extraordinariamente forte e incansável, era tão destemido quanto seu dono.

Certo dia de inverno, enquanto Regin e seu pupilo estavam sentados perto do fogo, o velho tocou sua harpa e, à maneira dos escaldos nórdicos, cantou ou recitou o seguinte conto, a história de sua vida:

O tesouro do rei dos anões

Hreidmar, o rei dos anões, era pai de três filhos. Fafnir, o mais velho, era dotado de uma alma destemida e um braço forte; Otr, o segundo, de rede e armadilha, além do poder de mudar de forma à vontade; e Regin, o mais novo, de toda sabedoria e destreza manual. Para satisfazer a avareza de Hreidmar, o filho mais novo fez para ele uma casa revestida de ouro reluzente e gemas preciosas, a qual era vigiada por Fafnir, cujos olhares ferozes e o Elmo do Terror ninguém ousava enfrentar.

Ora, aconteceu de Odin, Hoenir e Loki um dia aparecerem em forma humana, durante uma de suas expedições de costume para testar os corações dos homens na terra onde vivia Hreidmar.

> *E os três eram o sábio Odin, Pai dos Abatidos,*
> *E Loki, o Invejoso do Mundo, que torna vão qualquer trabalho,*
> *E Hœnir, Todo-Inocente, que forjou a esperança dos homens,*
> *E seu coração e seus íntimos anseios, quando a obra começou; —*
> *O Deus que antes do tempo existia, e doravante sempre existirá,*
> *Quando a nova luz, inda nem sonhada, sobre terra e mar brilhará.*

Conforme os deuses se aproximaram da morada de Hreidmar, Loki reparou em uma lontra tomando sol. Era ninguém menos que o segundo filho do rei dos anões, Otr, que então sucumbiu ao amor de Loki pela destruição. Matando a infeliz criatura, o deus a jogou sem vida sobre os ombros, pensando que daria um bom prato na próxima refeição.

Loki então correu para alcançar seus companheiros e, entrando na casa de Hreidmar com eles, logo largou sua carga no chão. No momento em que o rei dos anões pôs os olhos na suposta lontra, sentiu uma enorme fúria, e, antes que os deuses pudessem oferecer qualquer resistência, viram-se amarrados e deitados no chão. Os três ouviram Hreidmar declarar que jamais recuperariam a liberdade enquanto não satisfizessem sua sede por ouro, dando-lhe o bastante da preciosa substância para cobrir totalmente a pele da lontra por dentro e por fora.

> *"Ora, ouvi pois direi vosso fado! Forasteiros, só irei vos libertar*
> *Quando trouxerdes a Chama das Águas, o raro Ouro do Mar,*
> *Que Andvari escondeu contente no domínio pálido qual sepultura;*
> *E o Mestre do Engodo há de buscar, e a mão que só dá com usura,*
> *E o coração da inveja eterna, há de colher e doar e sentir pena.*
> *Vede, eis o fado do sábio, e nenhum outro se ouvirá nesta cena."*

Como a pele de lontra tinha a propriedade de se esticar até atingir dimensões fabulosas, nenhum tesouro comum bastaria para cobri-la; a situação dos deuses, portanto, era muito difícil. O caso, contudo, ganhou alguma esperança quando Hreidmar consentiu em libertar um deles. O emissário escolhido foi Loki, que não perdeu tempo e partiu em direção à cachoeira onde o anão Andvari morava, no intuito de obter o tesouro que lá ele escondia.

Há um deserto medonho na região mais extrema do mundo,
Onde acima de um paredão de montanhas despenca um rio fundo,
Cuja nascente se ignora, nem se sabe onde deságua no mar;
E essa é a Força de Andvari, Elfo da Treva, força sem par.
Naquela nuvem, naquele deserto, ele vive ali solitário;
E acumular tesouros em sua casa de pedra é seu trabalho.

Apesar da busca diligente, no entanto, Loki não conseguiu encontrar o anão, até que, reparando em um salmão que nadava naquelas águas espumosas, ocorreu-lhe que o anão podia ter assumido aquela forma. Valendo-se da rede de Ran, ele logo capturou o peixe e descobriu, como desconfiava, que se tratava de Andvari. Percebendo que não adiantaria resistir, o anão entregou, contrariado, todo o tesouro, inclusive o Aegishjálmr, ou Elmo do Terror, e uma cota de malha de ouro, preservando apenas um anel que tinha poderes miraculosos, capaz de atrair metal precioso feito um ímã. Mas o ganancioso Loki, apercebendo-se do anel, arrancou-o do dedo do anão e foi embora gargalhando enquanto sua vítima lançava furiosas maldições contra ele, declarando que aquele anel se revelaria sempre a perdição de quem o possuísse e causaria a morte de muitos.

Aquele ouro
Que o anão possuía
A dois irmãos
A morte traria,
A oito princesas,
Discórdia.

*Da minha riqueza ninguém
Nenhum proveito tirará.*
SÆMUND'S EDDA [EDDA DE SEMUNDO]
(TRADUÇÃO INGLESA DE THORPE)

Chegando na casa de Hreidmar, Loki não achou que o tesouro fosse adiantar, pois a pele ficava maior a cada objeto nela colocado, e ele foi obrigado a se valer do anel Andvaranaut (tear de Andvari), que pretendera manter para obter a liberdade, sua e de seus companheiros. A maldição do ouro de Andvari logo começou a surtir efeito. Fafnir e Regin cobiçaram uma parte, enquanto Hreidmar se gabava de seu tesouro noite e dia, e não queria abrir mão de nenhum de seus itens. Fafnir, o invencível, vendo enfim que não conseguiria satisfazer sua volúpia, matou o pai e apoderou-se de todo o tesouro. Depois, quando Regin foi reivindicar sua parte, ele o expulsou com escárnio e mandou que o irmão ganhasse o próprio sustento.

Exilado, Regin refugiou-se entre os homens, a quem ensinou as artes da semeadura e da colheita. Mostrou-lhes como trabalhar os metais, navegar pelos mares, domar cavalos, atrelar animais para o trabalho, construir casas, fiar, tecer e costurar — em suma, todas as atividades da vida civilizada, que até então eram desconhecidas. Anos se passaram, e Regin pacientemente fez tudo a seu tempo, na esperança de que algum dia encontrasse um herói forte o bastante para ajudá-lo a se vingar das maldades de Fafnir, a quem anos de regozijo do próprio tesouro haviam transformado em um dragão horrível, o terror de Gnitaheid (campina reluzente), onde ele fizera sua morada.

Terminada a história, Regin subitamente se virou para o atento Sigurd, dizendo que sabia que o rapaz poderia matar o dragão, se quisesse, e perguntou se ele estava disposto a ajudá-lo em sua vingança.

*E ele disse: "Ouviste, Sigurd? Ajudarias um velho
A vingar o pai? Venceria aquele tesouro de Ouro
E seria mais rico que os Reis da terra? Livrarias a terra de um malefício
E curarias a ferida e a tristeza deste peito que suportou tanto suplício?"*

A espada de Sigurd

Sigurd imediatamente concordou, porém com a condição de que a maldição fosse passada a Regin, que, para se equipar ao rapaz no combate por vir, também deveria forjar para ele uma espada que golpe nenhum pudesse quebrar. Duas vezes Regin fabricou uma arma maravilhosa, mas duas vezes Sigurd a partiu em pedaços contra uma bigorna. Então Sigurd lembrou-lhe dos fragmentos da espada partida de Sigmund, guardados pela mãe, e procurando Hjordis implorou que ela lhe desse os pedaços. Com essas partes, ele ou Regin forjaram uma lâmina tão forte que cortou a bigorna ao meio sem perder o fio, e cuja têmpera era tal que fatiou um tufo de lã flutuando no rio.

Sigurd então foi se despedir de Gripir, que, sabendo o futuro, previu todos os acontecimentos de sua futura trajetória; depois disse adeus à mãe e, na companhia de Regin, navegou para a terra de seus pais, jurando matar o dragão depois de cumprir seu primeiro dever, vingar a morte de Sigmund.

> *"Primeiro, príncipe, irás*
> *Vingar teu pai,*
> *E pelo malefício de Eglymi*
> *Retaliarás.*
> *Serás cruel,*
> *Os filhos de Hunding,*
> *Com brios vencerás:*
> *Tua será a vitória."*
> LAY OF SIGURD FAFNICIDE [LAI DE SIGURD FAFNICIDA]
> (TRADUÇÃO INGLESA DE THORPE)

No caminho para a terra dos Volsungos, uma visão maravilhosa foi notada, pois veio um homem caminhando sobre as águas. Sigurd logo o aceitou a bordo de seu barco draconiforme, e o desconhecido, que disse se chamar Feng ou Fjolnir, prometeu ventos favoráveis. Ele também ensinou Sigurd a distinguir bons auspícios. Na realidade, o velho era Odin, ou Hnikar, o que acalma as ondas, mas Sigurd não desconfiou de sua identidade.

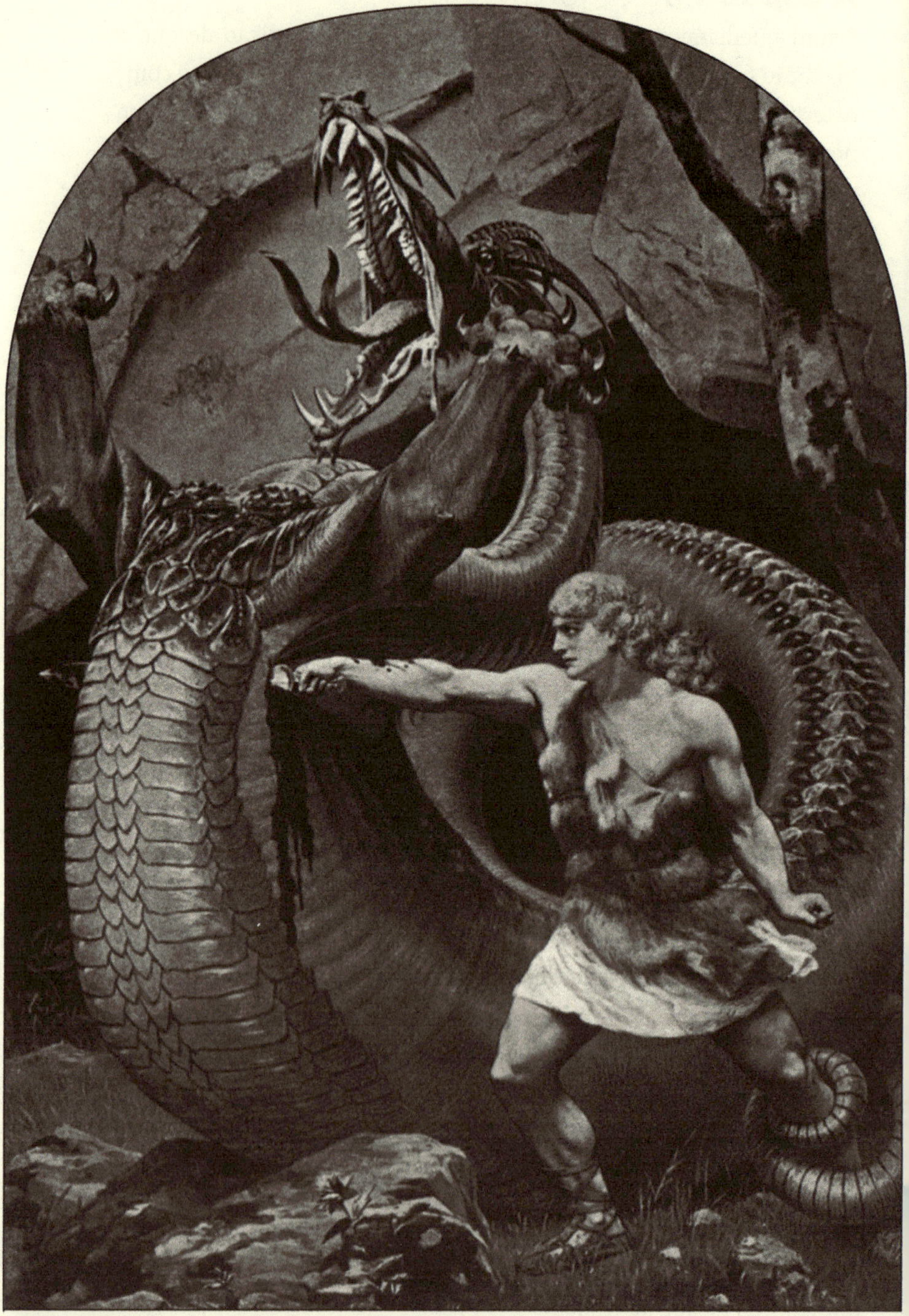

A luta contra o dragão

Sigurd saiu vitorioso de sua investida contra Lyngi, quem ele matou, assim como muitos de seu séquito. Ele então partiu de seu reino reconquistado e voltou com Regin para matar Fafnir. Juntos, cavalgaram pelas montanhas, as quais se erguiam cada vez mais altas adiante, até chegarem ao grande deserto que, segundo Regin, eram terras de Fafnir. Sigurd seguiu cavalgando sozinho até encontrar um homem caolho. Este ordenou que ele cavasse trincheiras no caminho que o dragão percorria diariamente ao arrastar seu corpo viscoso até o rio para matar a sede e ficasse deitado em uma delas esperando o monstro passar, para então cravar sua espada bem no coração do dragão.

Sigurd seguiu esse conselho e foi recompensado com um grande sucesso em seu plano, pois, quando o monstro passou acima de sua cabeça, ele enfiou a espada à esquerda do peito do dragão. Quando Sigurd saiu da trincheira, o dragão jazia sufocado na agonia da morte.

> *Então todos viram em silêncio o filho de Sigmund surgir*
> *No deserto roçado e revolvido, alagado no sangue de Fafnir,*
> *E a Serpente jaz diante dele, morta, fria, dura e cinza;*
> *E na Campina Reluzente cintilava o sol sem neblina,*
> *E um vento leve seguia o sol e soprava sobre o local fatídico,*
> *Fresco como sopra na planície marinha, ou balança o prado idílico.*

Regin, que se manteve a uma distância prudente enquanto durou o perigo, vendo que seu inimigo estava morto, apareceu. Ele temia que o herói reivindicasse recompensa, então começou a acusá-lo de ter assassinado seu parente, mas, com generosidade fingida, declarou que em vez de exigir uma vida em troca de uma vida, segundo o costume nórdico, ele consideraria reparação suficiente se Sigurd arrancasse o coração do monstro e o assasse para ele em um espeto.

> *Eis que Regin disse a Sigurd: "Desta morte te livraste?*
> *Pois agora faça fogo e asse o coração dele para mim,*
> *Para que eu coma e viva, e seja teu mestre e mais ainda;*

IMAGEM
Sigurd e Fafnir
K. DIELITZ

Pois nele havia poder e sabedoria, saberes amealhados remoídos:
— Ou então segue o teu caminho, temeroso da Campina Reluzente."

Sigurd sabia que um verdadeiro guerreiro jamais recusava algum tipo de recompensa ao parente do morto, por isso concordou com a proposta, aparentemente simples, e no mesmo instante se dispôs a cozinhar, enquanto Regin descansava até que a carne ficasse pronta. Depois de algum tempo, Sigurd tocou a carne para verificar se já estava tenra, mas, queimando os dedos gravemente, por instinto os enfiou na boca para aliviar a ardência. Assim que o sangue de Fafnir tocou seus lábios, Sigurd ficou surpreso ao se perceber capaz de entender o canto dos pássaros, muitos dos quais já estavam ali reunidos em torno da carniça. Prestando atenção, ele ouviu as aves dizerem que Regin havia planejado lhe fazer mal e que ele devia matar o velho e levar o ouro, seu por direito de conquista, então depois provar o coração e o sangue do dragão. Como isso coincidia com seu próprio desejo, Sigurd matou o velho malvado com sua espada e passou a comer e a beber como os pássaros haviam sugerido, guardando um pequeno pedaço do coração de Fafnir para mais tarde. Ele então foi atrás do poderoso tesouro e, depois de vestir o Aegishjálmr, ou Elmo do Terror, a cota de malha de ouro e o anel Andvaranaut, e de carregar Greyfell com o máximo de ouro que podia levar, ele montou na sela e permaneceu atento ao canto dos pássaros para saber quais deviam ser seus próximos passos.

A donzela guerreira adormecida

Logo Sigurd ouviu falar de uma donzela guerreira que dormia profundamente em uma montanha, cercada por bruxuleantes barreiras de fogo, através das quais só os mais corajosos poderiam passar para despertá-la.

Sei que na montanha
Dorme uma donzela guerreira;
Sobre ela se agitam
As tílias:
Ygg outrora cravou

> *Espinho do sono na roupa*
> *Da donzela que*
> *Os heróis escolheriam.*
> LAY OF FAFNIR [LAI DE FAFNIR] (TRADUÇÃO INGLESA DE THORPE)

Essa aventura pareceu perfeita para os propósitos de Sigurd, e ele partiu imediatamente. A viagem o levou por regiões jamais desbravadas, e o trajeto foi longo e desolador, mas enfim ele chegou a Hindarfiall, em Frankland, uma alta montanha cujo topo enevoado parecia rodeado de chamas bruxuleantes.

> *Muito tempo Sigurd trotou, quando, raiando o dia,*
> *Dos paredões denteados, em meio à cinzenta neblina,*
> *Surge a enorme montanha, e era como se lá ardesse*
> *Uma tocha em meio às nuvens; e até lá Sigurd se apressa,*
> *Pois talvez do topo a vista fosse de fato a melhor que existia;*
> *E Greyfell relinchou embaixo dele, e seu peito se encheu de alegria.*

Sigurd cavalgou montanha acima, e a luz foi ficando cada vez mais forte conforme ele subia, até que chegou, perto do cume, a uma barreira de labaredas bruxuleantes. O fogo ardia com um rugido que teria amedrontado o coração de qualquer outro, mas Sigurd se lembrou das palavras dos pássaros e, sem um momento sequer de hesitação, se atirou bravamente no meio das chamas.

> *Ora Sigurd se vira na sela, e o cabo do Flagelo ele gira,*
> *E aperta mais um ponto a encilha; e mais as rédeas estira,*
> *E grita alto a Greyfell, e dispara a galope fogo adentro;*
> *Mas a parede oscila e as chamas se afastam à sua frente,*
> *E acima de sua cabeça ardem, e por toda parte rugem*
> *Como se levassem auspícios até os deuses nas nuvens:*
> *Mas ele passou a galope como um guerreiro no centeio,*
> *Quando ao vento do verão as espigas se deitam;*
> *O fogo branco lambe a roupa e varre a crina de Greyfell,*

> *E inunda as mãos de Sigurd e o cabo do flagelo de Fafnir,*
> *E esvoaça em torno ao elmo e se mescla a seus cabelos,*
> *Mas não empana seu brilho, nem ofusca sua centelha;*
> *Então arrefece e se apaga e vira tudo escura treva,*
> *E aurora e clarão são engolidos na penumbra cega.*

Com as labaredas ameaçadoras então apagadas, Sigurd prosseguiu sua viagem passando por um vasto trecho de freixos brancos, direcionando seu caminho até um grande castelo, cujas muralhas tinham escudos pendurados. Os grandes portões estavam escancarados, e Sigurd entrou a cavalo por eles sem ser abordado por guardas ou homens armados. Agindo com cautela, pois temia alguma armadilha, ele enfim chegou ao pátio central, onde viu uma forma deitada vestindo armadura. Sigurd apeou de seu corcel e rapidamente tirou o elmo, quando teve um sobressalto ao contemplar, em vez de um guerreiro, o rosto da mais bela donzela.

Todos os seus esforços para despertar a donzela adormecida foram em vão, no entanto, até que ele removeu sua armadura e a deixou em sua túnica de puro linho branco, com seu longo cabelo loiro caindo em ondas douradas ao redor. Então, quando soltou a última peça de sua armadura, ela abriu seus belos olhos, que depararam com o nascer do sol. Saudando pela primeira vez com arrebatamento o glorioso espetáculo, ela se virou para seu salvador, e o jovem herói e a donzela sentiram amor à primeira vista.

> *Ela então virou-se para Sigurd, e seus olhos encontraram os do Volsungo.*
> *E poderosa e imensurável então a onda de amor se ergueu,*
> *Pois seus anseios se fundiram, e ele soube do amor que ela sentia,*
> *E ela falou com nada além dele, e seus lábios loquazes balbuciaram.*

A donzela então passou a contar a Sigurd sua história. Seu nome era Brunhilda e, segundo alguns especialistas, ela era filha de um rei, e Odin a elevara à condição de Valquíria. Ela serviu fielmente ao deus por muito tempo, mas um dia arriscou colocar seus próprios desejos acima dos dele, concedendo a um oponente mais jovem e, portanto, mais atraente, uma vitória que Odin ordenara que fosse de outro.

Em castigo pelo ato de desobediência, ela havia sido privada de seu posto e banida para a terra, onde o Pai de Todos decretou que se casasse, como qualquer outra mulher. Essa sentença encheu o coração de Brunhilda de pesar, pois ela temia que pudesse ser seu destino se casar com um covarde, a quem desprezaria. Para acalmar essas apreensões, Odin levou-a a Hindarfiall, ou Hindfell, e tocou-a com o Espinho do Sono, para que ela pudesse esperar com juventude e beleza intactas a vinda do esposo a ela destinado. Odin também a cercou com uma barreira de chamas que apenas um herói arriscaria atravessar.

Do alto de Hindarfiall, Brunhilda então mostrou para Sigurd onde era seu antigo lar, em Lymdale, ou Hunaland, dizendo-lhe que ele a encontraria por lá quando quisesse ir e se casar com ela; e então, parados no topo da montanha solitária, Sigurd pôs o anel Andvaranaut no dedo dela em sinal de noivado, jurando amar ninguém além dela enquanto vivesse.

> *De sua mão tirou Sigurd o antigo Ouro de Andvari;*
> *Havia apenas o céu sobre eles quando o anel seguraram juntos,*
> *O símbolo antigo, que não se alterava, nem tinha fim,*
> *Sem mudança e sem início, sem falhas para Deus corrigir:*
> *Então Sigurd exclamou: "Ó Brunilda, escuta a minha jura,*
> *Que o sol morrerá no céu e o dia ficará todo escuro,*
> *Se eu não buscar amor em Lymdale e a casa que te criou,*
> *E a terra onde nasceste entre a floresta e o oceano!"*
> *E ela exclamou: "Ó Sigurd, Sigurd, agora ouve a minha jura,*
> *Que o dia morrerá para sempre e o sol vestirá sempre luto,*
> *Antes que eu te esqueça, Sigurd, e me deite entre bosque e mar*
> *Na pequena terra de Lymdale e na casa que me criou!"*

A criação de Aslaug

Segundo alguns especialistas, os amantes se separaram depois de assim jurar seu amor; mas outros dizem que Sigurd logo cortejou e se casou com Brunhilda, com quem viveu por algum tempo em perfeita felicidade, até ser obrigado a deixar a ela e a sua filha pequena, Aslaug.

Essa menina, abandonada aos três anos de idade, foi criada pelo pai de Brunhilda, que, expulso do lar, escondeu-a dentro de uma harpa construída com esse intento, até chegar a uma terra distante, onde foi assassinado por um casal de camponeses interessado no ouro que supunham haver dentro da harpa. A surpresa e a frustração do casal foram de fato muito grandes quando, ao quebrar o instrumento, encontraram uma linda garotinha, que julgaram ser muda, pois não dizia uma palavra. O tempo passou, e a menina, que eles educaram para o trabalho pesado, cresceu e se tornou uma bela donzela, que conquistou o afeto de um viking que passava pela região, Ragnar Lodbrok, rei dos dinamarqueses, a quem ela contou sua história. O viking navegou para outras terras para satisfazer os propósitos de sua viagem, mas passado um ano, tempo em que ele conquistou muitas glórias, voltou e levou Aslaug consigo como sua noiva.

> *Ela ouviu uma voz que julgou conhecida,*
> *Longamente aguardada em horas decorridas,*
> *E ä sua volta braços fortes se lançaram:*
> *Mas quando seus lábios rubros passaram*
> *Para além do céu daquele doce beijo,*
> *E olhos nos olhos, ela viu nos dele*
> *Novo orgulho, nova esperança e amor,*
> *Viu também doces dias ainda a seu dispor,*
> *E eles dois seguindo de mãos dadas,*
> *Como agora, caminhando pela praia.*
> THE FOSTERING OF ASLAUG [A CRIAÇÃO DE ASLAUG], WILLIAM MORRIS

Na continuação da história de Sigurd e Brunhilda, contudo, ficamos sabendo que o rapaz partiu em busca de aventuras pelo mundo, onde jurou, como verdadeiro herói, reparar ofensas e defender órfãos e oprimidos.

Os Nibelungos

Ao longo de suas errâncias, Sigurd chegou à morada dos Nibelungos, a terra do nevoeiro contínuo, onde Giuki e Grimhilde eram rei e rainha. Grimhilde era especialmente temida, pois era grande conhecedora dos saberes mágicos e capaz de elaborar feitiços e preparar poções maravilhosas que tinham o poder de causar em quem as bebia esquecimento temporário ou de induzir a seguir suas vontades.

O rei e a rainha tinham três filhos, Gunnar, Hogni e Guttorm, que eram valentes varões, e uma filha, Gudrun, a mais delicada e mais bela das donzelas. Todos receberam Sigurd muito calorosamente, e Giuki convidou-o para ficar hospedado algum tempo. O convite pareceu muito tentador depois de suas longas viagens, e Sigurd aceitou de bom grado ficar e compartilhar dos prazeres e das ocupações dos Nibelungos. Ele os acompanhou na guerra e se distinguiu tanto por seu valor que conquistou a admiração de Grimhilde, e ela resolveu que ele seria um bom partido para se casar com sua filha. Um dia, então, ela preparou uma de suas poções mágicas e, quando Sigurd a bebeu das mãos de Gudrun, ele se esqueceu completamente de Brunhilda e de suas juras de amor, e todo o seu sentimento se desviou para a filha da rainha.

Mas o coração de Sigurd mudara; como se nunca houvesse existido
Seu amor por Brunhilda se acabou quando ele viu a rainha Nibelunga:
O amado corpo de Brunhilda era como apagada fogueira,
Nada mais de alegria ou tristeza, na riqueza ou na pobreza.

Embora tivesse um vago temor de haver esquecido alguma coisa no passado que deveria orientar sua conduta, Sigurd pediu e obteve a mão de Gudrun, e seu casamento foi celebrado com festa pelo povo, que amava o jovem herói. Sigurd deu à noiva um pedaço do coração de Fafnir para comer, e no momento em que ela o provou sua natureza se transformou; Gudrun começou a ficar fria e calada com todos, menos com o marido. Para consolidar ainda mais sua aliança com os dois Giukingos (como os filhos de Giuki eram chamados), Sigurd entrou para o "círculo de sangue" deles, e os três rapazes cortaram um trecho de grama que foi posto sobre um escudo, embaixo do qual se postaram, arregaçaram as mangas e cortaram superficialmente cada um seu braço direito, permitindo que seu sangue se misturasse na terra nua. Então, depois que juraram amizade eterna, o trecho de grama foi devolvido ao lugar.

Mas embora Sigurd amasse sua esposa e sentisse uma genuína afeição fraternal pelos irmãos dela, não conseguia deixar de sentir uma opressão a assombrá-lo, e era raro que fosse era visto a sorrir radiantemente como antes. Giuki então havia morrido, e o filho mais velho, Gunnar, reinava em seu lugar. Como o jovem rei era solteiro, Grimhilde, a mãe, queria que ele arranjasse uma esposa e sugeriu que ninguém parecia mais digna de se tornar rainha dos Nibelungos do que Brunhilda, que, segundo se dizia, vivia em um salão dourado cercado de labaredas, de onde ela havia declarado que só sairia para se casar com o guerreiro que ousasse atravessar o fogo por ela.

O estratagema de Gunnar

Gunnar imediatamente se preparou para encontrar essa donzela e, fortalecido pelas poções mágicas da mãe e encorajado por Sigurd, que o acompanharia, ele partiu confiante no sucesso. Mas, quando ao chegaram ao topo da montanha onde precisaria galopar através do fogo, seu corcel refugou assustado e ele não conseguiu induzi-lo a dar nem mais um passo. Vendo que o corcel de seu companheiro não dava sinais de medo, ele pediu-o emprestado a Sigurd; mas embora Greyfell permitisse que Gunnar o montasse, também não se moveu porque seu dono não estava montado em seu dorso.

Ora, como Sigurd usava o Elmo do Terror e Grimhilde dera a Gunnar uma poção mágica, para caso fosse necessária, os companheiros perceberam que podiam trocar de forma e aspecto, e vendo que Gunnar não conseguiria atravessar a parede de chamas, Sigurd propôs assumir a aparência do amigo e conquistar a noiva para ele. O rei ficou muito frustrado, mas, como não havia alternativa, apeou, e a troca necessária foi efetuada. Então Sigurd montou Greyfell com a aparência de seu companheiro, e dessa vez o corcel não demonstrou a mínima hesitação, mas saltou nas chamas ao primeiro toque das rédeas e logo levou o cavaleiro ao castelo, onde, no grande salão, estava sentada Brunhilda. Nenhum dos dois reconheceu o outro: Sigurd por conta do feitiço mágico lançado sobre ele por Grimhilde; Brunhilda devido à aparência alterada de seu amado.

A donzela recuou desapontada diante do invasor de cabelos escuros, pois considerava impossível que outro além de Sigurd conseguisse galopar através do círculo de labaredas. Mas avançou com relutância para encontrar o visitante, e, quando ele declarou que fora cortejá-la, ela permitiu que ele tomasse o lugar de marido a seu lado, pois havia jurado solenemente aceitar como esposo aquele que assim a procurasse atravessando as chamas.

Três dias Sigurd permaneceu com Brunhilda, e sua espada brilhante ficou deitada entre ele e a noiva. Esse comportamento singular despertou a curiosidade da donzela, ao que Sigurd lhe contou que os deuses haviam ordenado que ele celebrasse assim seu matrimônio.

Então foram para a cama; mas o irmão de sangue deixara,
Entre o seu corpo e o de Brunhilda, a espada azul-clara;
Enquanto ela olhava sem entender; mas, feito morta,
Ali se deitou, e deixou passar a noite, de mãos cruzadas:
E, também imóvel, a Imagem de Gunnar, morto parecendo,
E de mãos cruzadas ele ficou, esperando amanhecer.
Tal amiúde, em catedrais enluaradas, teus ancestrais podem ver,
Ao lado de antigas matriarcas, esperando o dia de reviver.

Quando amanheceu o quarto dia, Sigurd tirou o anel Andvaranaut do dedo de Brunhilda e, substituindo-o por outro, recebeu sua solene promessa de que dentro de dez dias ela apareceria na corte Nibelunga para assumir seus deveres de rainha e fiel esposa.

Agradeço, Rei, tua boa vontade e tua promessa de amor aceito,
Vai com a minha jura para o teu povo: que antes de dez dias completos
Estarei com os Filhos dos Nibelungos, e então não partirei nunca mais,
Até o dia da mudança da nossa vida, quando Odin e Freya nos chamarem.

Feita a promessa, Sigurd novamente saiu do palácio, atravessando os freixos, e juntou-se a Gunnar, com quem, depois de relatar o sucesso da empreitada, ele logo trocou de forma outra vez. Os guerreiros então dirigiram seus corcéis para casa, e apenas a Gudrun Sigurd revelou o segredo do noivado do irmão, e deu a ela o anel fatal, sem suspeitar das muitas dores que aquele anel estava destinado a ocasionar.

A chegada de Brunhilda

Fiel a sua promessa, Brunhilda apareceu dez dias depois, e solenemente abençoando a casa em que estava prestes a entrar, ela saudou Gunnar gentilmente e permitiu que ele a conduzisse até o grande salão, onde estavam sentados Sigurd ao lado de Gudrun. O Volsungo ergueu os olhos naquele momento e, ao perceber a censura no olhar de Brunhilda, o feitiço de Grimhilde foi quebrado e o passado voltou em um rio amargo de recordações. Era tarde demais, contudo: ambos haviam feito juramentos de honra, ele a Gudrun e ela a Gunnar, a quem Brunhilda passivamente seguiu até o trono mais alto, para sentar-se ao lado dele, enquanto os escaldos entretinham o casal real com lais antigos de sua terra.

Os dias se passaram e Brunhilda permaneceu aparentemente indiferente, mas seu coração estava ardendo de raiva, e muitas vezes ela saía do palácio do marido para se refugiar na floresta, onde podia extravasar sua tristeza na solidão.

Nesse ínterim, Gunnar percebeu a fria indiferença da esposa às suas manifestações de afeto e começou a ficar desconfiado e com ciúme, imaginando se Sigurd teria lhe contado a verdadeira história sobre o pedido de noivado e com medo de que ele tivesse tirado vantagem da posição para conquistar o amor de Brunhilda. Apenas Sigurd continuou o mesmo, lutando apenas contra tiranos e opressores, e saudando a todos com suas palavras e sorrisos generosos.

A disputa das rainhas

Um dia, as rainhas foram juntas ao Reno se banhar e, quando estavam para entrar na água, Gudrun reivindicou precedência no mergulho devido à coragem do marido. Brunhilda recusou-se a ceder no que lhe parecia ser um direito dela, e uma disputa se seguiu, durante a qual Gudrun acusou a cunhada de não agir de boa-fé, mostrando o anel Andvaranaut como evidência da acusação. A visão do anel fatal na mão de sua rival deixou Brunhilda arrasada; ela correu de volta para casa e permaneceu dia após dia calada e triste, até que todos acharam que ela fosse morrer. Em vão, Gunnar e os membros da família real a procuraram e imploraram que ela falasse. Brunhilda não pronunciou sequer uma palavra até que Sigurd veio e perguntou o motivo de sua tristeza indizível. Então, como um rio represado por muito tempo, seu amor e sua raiva explodiram, e ela cobriu o herói de queixas e censuras, até que o coração dele se encheu de tanta pena pela tristeza dela que a trama firme de sua cota de malha se esgarçou.

> *Saiu Sigurd*
> *Do encontro*
> *No salão dos reis,*
> *Trêmulo de angústia;*
> *Então isso esgarçou*
> *Do ardente guerreiro*
> *A cota de malha de ferro*
> *Por todos os lados.*
> SÆMUND'S EDDA [EDDA DE SEMUNDO] (TRADUÇÃO INGLESA DE THORPE)

Palavras não tiveram o poder de resolver a dolorosa situação, e Brunhilda se recusou a ouvir quando Sigurd sugeriu repudiar Gudrun, dizendo, enquanto o dispensava, que não seria infiel a Gunnar. A ideia de ser esposa de dois homens era insuportável para seu orgulho, e quando o marido tornou a procurá-la ela implorou que ele condenasse Sigurd à morte, aumentando assim o ciúme e a suspeita do rei. Este, entretanto, se recusou a agredir Sigurd devido ao juramento de companheirismo que tinham, e então ela recorreu ao auxílio de Hogni. Ele também não quis violar o juramento feito entre eles, mas induziu Guttorm, por meio de muita persuasão e de uma poção de Grimhilde, a assumir a ignóbil missão.

A morte de Sigurd

Nesse intuito, na calada da noite, Guttorm entrou, furtivo, nos aposentos de Sigurd, de lança na mão. Quando se inclinou sobre a cama, porém, viu os olhos claros de Sigurd bem abertos, voltados para ele, e fugiu às pressas. Ele voltou mais tarde e a cena se repetiu; mas, quase de manhã, tentando furtivamente uma terceira vez, encontrou o herói dormindo e cravou-lhe a lança nas costas.

Embora ferido de morte, Sigurd sentou-se na cama e, alcançando a famosa espada pendurada ao lado, atirou-a com o que lhe restava de força contra o assassino em fuga, cortando-o ao meio quando chegava à porta. Então, com o último suspiro de adeus à aterrorizada Gudrun, Sigurd tornou a se recostar e deu seu último suspiro.

Não chora, ó Gudrun, este golpe é o derradeiro;
O medo parte da Casa dos Nibelungos de madrugada;
Que possas viver, ó amada, jamais esquecida ou abandonada!

"Brunhilda fez isso", ele murmurou, "e a mulher que me ama;
Agora não há arrependimento, e a história está terminando.
Fiz muita proeza no meu tempo; e tudo isso, e o meu amor, cabem
Na mão fechada de Odin, até o dia em que o mundo acabe.
O feito não pode ser desfeito, o dado não pode ser retomado:
Acaso, Pai de Todos, tereis em vão minha glória atesourado?"

O filho bebê de Sigurd foi assassinado na mesma hora, e a pobre Gudrun pranteou seus mortos em um luto silencioso e sem lágrimas. Já Brunhilda gargalhava bem alto, provocando com isso a ira de Gunnar, que se arrependeu tarde demais por não ter tomado providências para impedir o crime hediondo.

A tristeza dos Nibelungos encontrou expressão na celebração de um funeral público que foi logo realizado. Uma enorme pira foi erguida, para a qual foram trazidos ornamentos preciosos, flores frescas e armas reluzentes, como era o costume no funeral de um príncipe; e, enquanto esses tristes preparativos tomavam forma, Gudrun foi objeto da terna solicitude das mulheres, que, temendo que seu coração fosse se partir, tentaram abrir as comportas de suas lágrimas recontando os mais amargos sofrimentos de que tinham notícia, uma delas dizendo que também havia perdido todos os seus entes queridos. Mas essas tentativas de fazê-la chorar foram em vão, até que por fim deitaram a cabeça do marido em seu colo e lhe disseram para beijá-lo como se ainda estivesse vivo; então suas lágrimas começaram a jorrar em torrentes.

A reação também logo tomou conta de Brunhilda; seu ressentimento foi esquecido quando ela viu o corpo de Sigurd deitado na pira, vestido para o combate de armadura polida, com o Elmo do Terror na cabeça e acompanhado de seu cavalo, que seria queimado com ele, assim como diversos de seus criados fiéis que não sobreviveriam à sua perda. Ela se retirou para seus aposentos e, depois de distribuir todos os seus bens entre as criadas, vestiu sua melhor roupa e esfaqueou-se deitada na própria cama.

A notícia logo chegou aos ouvidos de Gunnar, que foi às pressas até a esposa, a tempo de ouvir seu último desejo de morrer ao lado do herói que ela amava, com a espada reluzente desembainhada entre eles, como na ocasião em que ele a cortejara se passando por Gunnar. Quando ela soltou o último suspiro, esses desejos foram fielmente realizados, e seu corpo foi queimado com o de Sigurd em meio às lamentações de todos os Nibelungos.

Na história de Richard Wagner, "O anel", o fim de Brunhilda é mais pitoresco. Montada em seu corcel, como quando seguia à frente das donzelas guerreiras, sob o comando de Odin, ela cavalgou para dentro das chamas altíssimas da grande pira funerária e nunca mais foi vista.

Mortos — os adoráveis, os fortes, a esperança da antiga Terra:
Ora é trabalhar e suportar o fardo como antes do dia em que
[nasceram:
E gemer no escuro pelo dia que Sigurd ensejou,
E a hora que Brunhilda apressou, da madrugada que os mortos
[acordou:
É ansiar, e muitas vezes esperar, não esquecer seus feitos nunca mais,
Até o novo sol raiar sobre Baldur e praia feliz longe do mar.

A cena da morte de Sigurd (Siegfried) é muito mais poderosa na Nibelungenlied. Na versão teutônica, seu atacante traiçoeiro o atrai para longe de um grupo de caça na floresta para matar sua sede em um riacho, onde ele o mata pelas costas com a lança. Seu corpo é então levado para casa pelos caçadores e deixado aos pés da esposa.

A fuga de Gudrun

Gudrun, ainda inconsolável e odiando os parentes que traiçoeiramente haviam roubado toda a alegria de sua vida, fugiu da casa do pai e se refugiou na casa de Elf, pai adotivo de Sigurd, que, depois da morte de Hjordis, havia se casado com Thora, filha do rei Hakon. As duas se tornaram grandes amigas, e ali Gudrun viveu muitos anos, ocupando-se em bordados de tapeçarias sobre os grandes feitos de Sigurd e cuidando de sua filhinha Svanhild, cujos olhos brilhantes lembravam vividamente os do marido que ela havia perdido.

Atli, rei dos hunos

Nesse ínterim, Atli, irmão de Brunhilda, que era agora o rei dos hunos, havia mandado pedir satisfação a Gunnar pela morte da irmã. Para cumprir com essa reivindicação, Gunnar havia prometido que, quando passasse o luto de viúva, Atli se casaria com Gudrun. O tempo passou, e Atli exigiu o cumprimento da promessa, pelo que os irmãos Nibelungos, com sua mãe, Grimhilde, foram procurar a princesa ausente por tanto tempo. Com auxílio da poção mágica ministrada por Grimhilde, conseguiram convencer Gudrun a deixar a pequena Svanhild na Dinamarca e se casar com Atli, na terra dos hunos.

Não obstante, Gudrun detestava em segredo o marido, cuja tendência à avareza era extremamente repugnante para ela; e mesmo o nascimento de dois filhos, Erp e Eitel, não a consolou pela morte dos entes queridos e pela ausência de Svanhild. Seus pensamentos eram sempre voltados ao passado, e ela frequentemente falava dos tempos antigos, sem suspeitar que suas descrições da riqueza dos Nibelungos haviam despertado a ganância de Atli, e que ele secretamente planejava encontrar algum pretexto para se apoderar de tudo.

Atli enfim resolveu enviar Knefrud, ou Wingi, um de seus criados, para convidar os príncipes Nibelungos para visitá-lo em sua corte, no intuito de matá-los quando estivessem em seu poder. Gudrun, intuindo esse desígnio, enviou uma mensagem rúnica a seus irmãos, junto com o anel Andvaranaut, enrolado em pele de lobo. No caminho, contudo, o mensageiro apagou parte das runas, alterando assim seu significado; e, quando ele apareceu diante dos Nibelungos,

Gunnar aceitou o convite, apesar dos alertas de Hogni e de Grimhilde, e de um sonho sinistro de Glaumvor, sua segunda esposa.

O enterro do tesouro dos Nibelungos

Antes de partir, no entanto, Gunnar foi convencido a enterrar secretamente o grande tesouro dos Nibelungos no fundo do Reno, e mergulhou-o em um buraco profundo no leito do rio, cuja localização apenas os irmãos do rei sabiam, e eles fizeram um juramento solene de jamais revelá-la.

Então ao fundo, entre bolhas, desceu o Ouro avermelhado,
Como labareda na manhã cinzenta, luzia a riqueza do reinado;
Então as águas passaram, do rio pálido e espumante,
Bateram no paredão de pedra, e o Ouro chegou ao fundo,
Secreto, oculto para sempre, lenda e sonho do mundo,
Até que o último cantor terreno dentre os filhos do homem se cale.

A traição de Atli

Em formação marcial, a comitiva real deixou a cidade dos Nibelungos em seus cavalos, para nunca mais tornar a vê-la. Decorridas muitas aventuras, eles chegaram à terra dos hunos e ao salão de Atli, onde, vendo que haviam sido sordidamente encurralados, mataram o traidor Knefrud, assim como se prepararam para vender caro as próprias vidas.

Gudrun correu ao encontro deles e os abraçou com carinho. Então, vendo que precisariam lutar, também empunhou uma espada e com lealdade ajudou-os no terrível massacre que se seguiu. Após o primeiro combate, Gunnar manteve o ânimo de seu séquito tocando sua harpa, que ele só deixou de lado quando os ataques recomeçaram. Três vezes, os valentes Nibelungos resistiram aos avanços dos hunos, até que todos, com exceção de Gunnar e de Hogni, haviam perecido, e o rei e seu irmão, feridos, atordoados e exaustos, caíram nas mãos dos inimigos, que os prenderam agrilhoados em uma masmorra para esperar a morte.

Atli havia prudentemente se abstido de tomar parte ativa no combate, e então mandou trazerem seus cunhados à sua presença e prometeu a eles a liberdade se revelassem o esconderijo do tesouro. Os irmãos, contudo, mantiveram um silêncio orgulhoso, e só depois de muita tortura Gunnar se pronunciou, dizendo que havia feito um juramento solene de jamais revelar o segredo enquanto Hogni vivesse. Ao mesmo tempo, ele afirmou que só acreditaria que o irmão estava morto quando lhe trouxessem seu coração em uma bandeja.

> *Com voz de pavor gritou Gunnar: "Ouviste contar, ó tolo,*
> *Quem conquistou esse Tesouro antes e os anéis de Ouro?*
> *Foi Sigurd, chefe dos Volsungos, o melhor nascido dos melhores:*
> *Ele veio do Norte e da montanha, e um verão foi meu hóspede,*
> *Meu amigo e meu irmão de sangue: cruzou o Fogo Bruxuleante,*
> *E para mim conquistou a Rainha da Glória, meu desejo realizando;*
> *Ele foi o louvor do mundo e a esperança dos oprimidos,*
> *O auxílio dos pobres, o flagelo dos fortes:*
> *Ah, muitas vezes, doravante, a história contará suas proezas,*
> *E eu, mesmo eu, contarei sobre os Nibelungos na dureza:*
> *Pois passei a noite de armadura, e quando a luz se fez sobre a terra*
> *Assassinei Sigurd, meu irmão, e olhei para o que minhas mãos fizeram.*
> *E pois, poderoso Atli, os Nibelungos vi se arruinarem,*
> *E os pés dos fracos de alma pisarem o pescoço de Gunnar;*
> *E se tudo foi pouco, e os Deuses contrariados me derem guarida,*
> *Que eu veja o coração de Hogni arrancado do peito em vida,*
> *Posto em uma bandeja diante de mim: e assim do Ouro contarei,*
> *E serei teu criado, Atli, e minha vida ao teu prazer consagrarei."*

Estimulado pela ganância, Atli imediatamente mandou trazerem o coração de Hogni; mas seus criados, temendo pôr as mãos em um guerreiro tão assustador, mataram covardemente a cozinheira Hjalli. O coração trêmulo da pobre mulher arrancou palavras de desprezo de Gunnar, que declarou que aquele órgão temeroso jamais poderia pertencer a seu irmão destemido. Atli novamente deu ordens furiosas, e dessa vez o coração impávido de Hogni foi trazido, ao que Gunnar, virando-se para o monarca, solenemente jurou que, agora que o segredo pertencia apenas a ele, jamais o revelaria.

O último dos Nibelungos

Lívido de raiva, o rei mandou seus criados atirarem Gunnar, de mãos atadas, em um antro de serpentes venenosas; mas isso não amedrontou o destemido Nibelungo. Como sua harpa foi atirada com desdém junto dele, Gunnar calmamente sentou-se no fosso, tocando as cordas com os dedos dos pés, e tocou-as até adormecer todas as serpentes, menos uma. Dizem que era a mãe de Atli, que assumira a forma de serpente, e que ela então o picou e silenciou sua canção de triunfo para sempre.

Para celebrar sua vitória, Atli então ordenou que preparassem um grande banquete e mandou Gudrun participar servindo-o pessoalmente. Nesse banquete, ele comeu e bebeu com fartura, sem desconfiar que a esposa matara seus dois filhos e servira seus corações assados e seu sangue misturado com vinho em taças feitas com seus crânios. Após algum tempo, o rei e seus convidados ficaram intoxicados, e Gudrun, segundo uma versão da história, incendiou o palácio; quando os homens embriagados despertaram, tarde demais para escapar, ela revelou o que havia feito. Então, esfaqueando primeiro o marido, pereceu tranquila nas chamas com os hunos. Outra versão relata, no entanto, que ela assassinou Atli com a espada de Sigurd e, colocando seu corpo em um barco, que ela lançou à deriva, atirou-se no mar e morreu afogada.

> *Ela abriu os braços enquanto falava, e longe da terra saltou*
> *E passou à maré que a devolveria: pois a onda do mar a levou,*
> *E o desejo da onda agora era o dela, e quem sabe quão fundo é o mar,*
> *E a riqueza do leito de Gudrun, e o dia que ainda há de chegar?*

Segundo uma terceira versão muito diferente, Gudrun não morreu afogada, mas foi levada pelas ondas até a terra onde Jonakr era rei. Lá, ela se tornou sua esposa, e mãe de três filhos, Sorli, Hamdir e Erp. Ela recuperou, além disso, a guarda de sua amada filha Svanhild, que, nesse ínterim, havia crescido e se tornado uma bela donzela na idade de casar.

Svanhild

Svanhild ficou noiva de Ermenrich, rei de Gotalândia, que enviou seu filho, Randwer, e um de seus criados, Sibich, para acompanhar a noiva até o reino. Sibich era um traidor e, como parte de um plano para matar a família real, para que ele pudesse reivindicar o trono, ele acusou Randwer de ter tentado conquistar a afeição de sua jovem madrasta. Essa acusação despertou tamanha fúria em Ermenrich que ele enviou o filho para a forca e ordenou que Svanhild fosse pisoteada até a morte por cavalos selvagens. A beleza da filha de Sigurd e Gudrun era tanta, contudo, que mesmo os corcéis selvagens não puderam ser induzidos a lhe fazer mal, até que a esconderam de sua vista sob uma manta larga, e eles a pisotearam até a morte sob seus cascos cruéis.

Ao saber do destino da amada filha, Gudrun convocou os três filhos e, dando-lhes armaduras e armas que nada além de pedras poderiam derrotar, despediu-se deles e mandou que vingassem a irmã assassinada. Depois, Gudrun morreu de tristeza e foi queimada em uma grande pira funerária.

Os três rapazes, Sorli, Hamdir e Erp, partiram rumo ao reino de Ermenrich, mas antes de encontrarem seus inimigos, os dois mais velhos, julgando Erp jovem demais para ajudá-los, provocaram-no por sua baixa estatura e acabaram matando o irmão caçula. Sorli e Hamdir então atacaram Ermenrich, cortaram suas mãos e seus pés, e o teriam matado, não fosse um desconhecido caolho que de repente apareceu e mandou os homens do rei atirarem pedras contra os rapazes. Suas ordens foram imediatamente executadas, e Sorli e Hamdir logo caíram mortos sob uma chuva de pedras, que, como vimos, eram as únicas armas capazes de feri-los.

> *Ouvistes outrora de Sigurd, como os inimigos de Deus matou;*
> *Como do deserto escuro o Ouro das Águas retirou;*
> *Como despertou Amor na Montanha e acordou Brunhilda, a Brilhante,*
> *E viveu na Terra, e brilhou à vista de todos, uma estação.*
> *Ouvistes falar dos Nebulosos, e da neblina no fim do dia,*
> *E do mundo confuso em que viveram, do qual Sigurd partira;*
> *Agora sabeis das Agruras dos Nibelungos e da jura partida, o fim,*
> *Todas as mortes dos reis, dos parentes, dos Godos, Tristeza de Odin.*

Interpretação da saga

Esta história dos Volsungos, segundo alguns especialistas, seria uma série de mitos do sol, nos quais Sigi, Rerir, Volsungo, Sigmund e Sigurd, a cada vez, personificam o reluzente astro do dia. Todos eles são armados de espadas invencíveis, os raios de sol, e todos viajam pelo mundo combatendo seus inimigos, os demônios do frio e da escuridão. Sigurd, como Balder, é amado por todos; ele se casa com Brunhilda, a donzela da madrugada, que encontra no meio das chamas, o clarão da manhã, e dela se despede, mas apenas para reencontrá-la novamente ao final de sua carreira. Seu corpo é queimado na pira funerária, que, como a de Balder, representa ora o sol poente, ora os últimos raios do verão, de que ele também é um emblema. O assassinato de Fafnir simboliza a destruição do demônio do frio ou da escuridão, que roubou o tesouro dourado do verão ou os raios amarelados do sol.

Segundo outros especialistas, esta saga se baseia na história. Atli é o cruel Átila, Flagelo de Deus, enquanto Gunnar é Gundicarius, um monarca burgúndio, cujo reino foi destruído pelos hunos, e que foi morto com seus irmãos no ano de 451. Gudrun é a princesa burgúndia Ildico, que matou o marido na noite de núpcias, como já foi contado, usando a lâmina cintilante que outrora pertencera ao deus-sol, para vingar seus parentes assassinados.

capítulo

A saga de Frithiof

XXVII

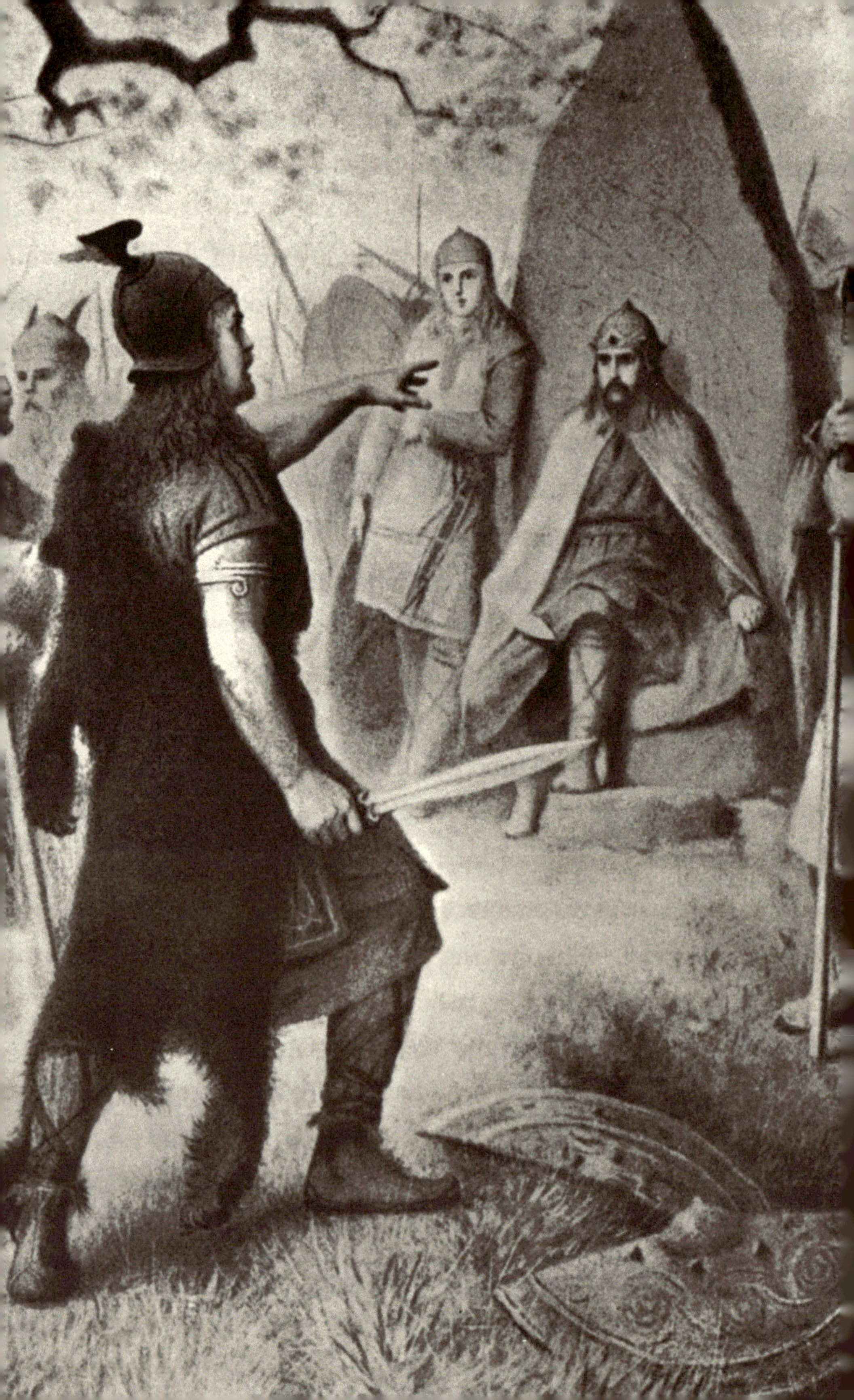

Bispo Tegnér

Provavelmente nenhum escritor do século XIX fez tanto para despertar o interesse pelos tesouros literários da Escandinávia quanto o bispo Esaias Tegnér, quem um autor sueco caracterizou como "aquele poderoso gênio que organiza a desordem".

Frithiof's Saga [A Saga de Frithiof], de Tegnér, foi traduzida pelo menos uma vez em todas as línguas europeias e cerca de vinte vezes para o inglês e para o alemão. Goethe falou da obra com grande entusiasmo, e a história, que fornece uma imagem incomparável da vida dos povos nórdicos pagãos, extraiu elogio similar de Henry Wadsworth Longfellow, que a considerava uma das mais notáveis produções de seu século.

Embora Tegnér tenha escolhido como tema apenas a saga de Frithiof, consideramos que essa história é continuação da mais antiga, porém menos interessante, saga de Thorsten, da qual damos aqui apenas um breve panorama, apenas para permitir ao leitor entender claramente cada alusão no poema mais recente.

Como é muitas vezes o caso nessas histórias antigas, a história começa com Haloge (Loki), que chegou ao Norte com Odin e começou a reinar no norte da Noruega, que em sua homenagem se chamava Halogalândia. Segundo a mitologia nórdica, esse deus tinha duas filhas adoráveis, que foram raptadas por ousados pretendentes. Esses homens, banidos do reino com maldições e feitiços mágicos lançados por Haloge, refugiaram-se com suas esposas recém-conquistadas nas ilhas vizinhas.

O nascimento de Viking

Assim, nasceu o neto de Haloge, Viking, na ilha de Bornholm, no mar Báltico, onde ele viveu até os 15 anos de idade e se tornou o maior e mais forte homem de seu tempo. Os rumores de sua bravura enfim

IMAGEM
Frithiof parte o escudo de Helgé
KNUT EKWALL

chegaram aos ouvidos de Hunvor, uma princesa sueca oprimida pelas atenções de um pretendente gigantesco, a quem ninguém conseguia afastar, e ela mandou chamar Viking para libertá-la.

Ao ser convocado, o rapaz partiu, depois de receber do pai uma espada mágica chamada Angurvadal, cujos golpes seriam fatais até mesmo para um gigante como o pretendente de Hunvor. Um *holmgang*, como o duelo era chamado no Norte, aconteceu assim que o herói chegou em cena, e Viking, matando seu adversário, poderia ter se casado com a princesa, não fosse considerado infame para um nórdico se casar antes dos vinte anos.

Para passar o tempo de espera por sua noiva prometida, Viking partiu em um bem tripulado barco draconiforme e, navegando pelos mares do Norte e do Sul, encontrou incontáveis aventuras. Durante esse tempo, foi perseguido pelos parentes do gigante que havia matado, que eram adeptos da magia e lançaram sobre ele inumeráveis perigos na terra e no mar.

Ajudado e estimulado por seu melhor amigo, Halfdan, Viking escapou de todos os perigos, matou muitos de seus inimigos e, depois de resgatar Hunvor, a quem nesse ínterim o inimigo havia levado para a Índia, ele passou a viver na Suécia. O amigo, fiel na paz e na guerra, fez sua casa perto dele e também se casou, escolhendo por esposa Ingeborg, criada de Hunvor.

A saga, então, descreve invernos longos e pacíficos, em que os guerreiros festejaram e ouviram histórias contadas pelos escaldos. Só retomaram os esforços enérgicos quando a volta da primavera lhes permitia zarpar com seus barcos draconiformes e mais uma vez fazer suas expedições de pirataria.

Eis que o escaldo tomou sua harpa e cantou,
E alto através da música ecoou
O som daquela palavra brilhante;
E faziam um clangor as cordas da harpa,
Como se tocadas pela lâmina
De uma espada.

E os Berserkers em volta
Começaram uma gritaria
Que fez tremer as vigas:
Bateram os punhos na mesa,
E gritaram: "Longa vida à Espada,
E ao Rei!"
THE SAGA OF KING OLAF [A SAGA DO REI OLAVO], H.W. LONGFELLOW

Na antiga história, os escaldos relatam com muito orgulho cada etapa do ataque e da defesa durante a expedição e a invasão, e descrevem cada golpe dado e recebido, detendo-se com muita satisfação na carnificina e nas chamas que envolveram ambos inimigos e barcos em uma ruína generalizada. Uma luta feroz é muitas vezes promessa de futura amizade, contudo. Conta-se que Halfdan e Viking, fracassando em derrotar Njorfe, rival fervoroso, embainharam suas espadas após um combate obstinado e aceitaram seu inimigo como um terceiro elo em seu íntimo vínculo de amizade.

Na volta para casa, vindo de uma dessas expedições de saque, Viking perdeu sua amada esposa. Confiando o filho, Ring, aos cuidados de um pai adotivo, após um breve período de luto, o valente guerreiro casou-se novamente. Dessa vez, a felicidade conjugal foi mais duradoura, pois a saga conta que a segunda esposa lhe deu nove filhos vigorosos.

Njorfe, rei de Terras Altas, na Noruega, também foi brindado com uma família de nove filhos corajosos. Mas, embora os pais fossem unidos por laços da mais íntima amizade, com juramento de sangue de fraternidade, segundo os genuínos ritos nórdicos, os rapazes tinham inveja uns dos outros e grande inclinação para a desavença.

O jogo da bola

Não obstante essa animosidade latente, os rapazes se encontravam com frequência. A saga relata que costumavam jogar bola juntos e fornece uma descrição do primeiro jogo de bola registrado nos anais nórdicos. Os filhos de Viking, altos e fortes, tendiam a ser um tanto indiferentes ao bem-estar de seus oponentes, e, a julgar pelo seguinte relato, traduzido da saga antiga, os jogadores terminavam as partidas em uma condição tão lamentável quanto após os jogos modernos.

"Na manhã seguinte, os irmãos foram aos jogos, e todos jogaram bola durante o dia; empurravam e deixavam cair bruscamente alguns e batiam em outros. À noite, havia três homens com braços quebrados, e muitos feridos e mutilados."

O jogo entre os filhos de Njorfe e os de Viking culminou em uma desavença, e um dos de Njorfe desferiu em um de seus oponentes um golpe perigoso e traiçoeiro. Impedido de se vingar no mesmo instante pela interferência dos espectadores, o jogador ferido ofereceu um pretexto trivial para voltar sozinho ao campo; e, ao encontrar ali seu agressor, matou-o.

A rivalidade de sangue

Quando Viking ficou sabendo que um de seus filhos havia matado um filho de seu amigo, ficou muito indignado. Então, lembrando seu juramento de vingar toda perda sofrida por Njorfe, ele baniu o jovem assassino. Ao ouvirem a sentença, os outros irmãos juraram acompanhá-lo no exílio, e assim Viking se despediu com tristeza dos filhos, dando sua espada Angurvadal a Thorsten, o mais velho, alertando-o para permanecer discretamente em uma ilha no lago Wener até que o perigo da retaliação por parte dos filhos sobreviventes de Njorfe passasse.

Os rapazes obedeceram. Porém os filhos de Njorfe estavam decididos a vingar o irmão e, embora não tivessem nenhuma embarcação para levá-los pelo lago, valeram-se de artes mágicas para ocasionar uma grande geada que congelou a água. Acompanhados de muitos homens armados, eles então atravessaram o gelo furtivamente para atacar Thorsten e seus irmãos, e uma terrível carnificina se seguiu. Apenas dois homens do grupo de ataque conseguiram escapar, mas partiram, segundo imaginavam, deixando todos os inimigos mortos.

Então Viking foi enterrar os filhos e descobriu que dois deles, Thorsten e Thorer, ainda estavam vivos. Assim, ele os escondeu em um porão em sua casa, onde com o tempo eles se recuperaram de seus ferimentos.

Os dois filhos sobreviventes de Njorfe logo descobriram por artes mágicas que seus adversários não estavam todos mortos e fizeram uma segunda tentativa desesperada, mas malsucedida, de assassiná-los. Viking percebeu que a disputa seria renovada incessantemente se seus filhos continuassem em sua casa, então os enviou para a corte de Halfdan, à qual chegaram após uma série de aventuras que em muitos pontos lembra as de Teseu a caminho de Atenas.

Quando chegou a primavera, Thorsten embarcou em uma expedição de pirataria, ao longo da qual encontrou Jokul, o filho mais velho de Njorfe. Naquele ínterim, Jokul havia se apoderado à força do reino de Sogn, depois de matar o rei, banir o príncipe Belé e transformar a bela princesa Ingeborg em uma espécie de bruxa velha. Ao longo da história, ele é representado como um tanto covarde, pois prefere recorrer à magia a combater fisicamente os filhos de Viking. Assim, ele conjurou grandes tempestades, e Thorsten, depois de sofrer dois naufrágios, só foi salvo das ondas pela suposta bruxa, com quem prometeu se casar em gratidão por suas boas ações. Thorsten, aconselhado por Ingeborg, então partiu em busca de Belé, a quem encontrou e repôs no trono a que tinha direito hereditário, jurando amizade eterna a ele. Depois disso, o feitiço maligno foi removido, e Ingeborg, então revelada em sua beleza natural, uniu-se a Thorsten e passou a morar com ele em Framnäs.

Thorsten e Belé

Toda primavera, Thorsten e Belé saíam para navegar juntos em seus barcos. Durante uma dessas expedições, eles se uniram a Angantyr, um adversário cuja impetuosidade haviam devidamente testado, para recuperar um tesouro incalculável que lhe havia sido roubado: o barco draconiforme chamado Ellida, um presente de Aegir a Viking por este ter tratado o deus com hospitalidade outrora.

Presente digno de um rei, pois as pranchas inchadas da estrutura
Não eram pregadas, como de costume, mas unidas de s.
A forma era de dragão, quando nadava, mas adiante
Sua cabeça se erguia, o pescoço de ouro amarelo-flamejante;
O ventre era pintado de vermelho e amarelo, mas a popa
Espiralava o rabo forte em círculos, de escamas de prata;

> *Velas negras com debruns em rubro; quando infladas,*
> *Ellida corria com a tempestade e superava a própria águia.*
> *Quando cheio até a amurada de guerreiros, navegava,*
> *Qual fortaleza flutuante ou morada marcial de um monarca.*
> *O barco era famoso em toda parte, e dentre todos, o maior do Norte.*
> FRITHIOF'S SAGA [SAGA DE FRITHIOF], ESAIAS TEGNÉR
> (TRADUÇÃO INGLESA DE SPALDING)

Na temporada seguinte, Thorsten, Belé e Angantyr conquistaram as ilhas Órcades, dadas como um reino a Angantyr, que voluntariamente jurou pagar um tributo anual a Belé. Em seguida, Thorsten e Belé partiram em busca de um anel mágico, ou bracelete, outrora forjado por Völund, o ferreiro, e roubado por Soté, um famoso pirata.

Esse ousado ladrão ficou com tanto medo de que alguém se apossasse do anel mágico, que se enterrou vivo com a joia em um monte em Bretland. Diziam que seu fantasma vigiava constantemente o local, e quando Thorsten entrou em sua tumba, Belé, que ficou esperando do lado de fora, ouviu o som de golpes terríveis dados e recebidos, e viu raios bruxuleantes de um fogo sobrenatural.

Quando Thorsten finalmente saiu cambaleante do monte, pálido e ensanguentado, porém triunfante, ele se recusou a comentar os horrores que enfrentara para conquistar o cobiçado tesouro, mas muitas vezes diria, mostrando o anel: "Só tremi uma vez na vida, e foi quando consegui este anel!"

O nascimento de Frithiof e Ingeborg

Assim, dono de três dos maiores tesouros do Norte, Thorsten voltou para casa em Framnäs, onde Ingeborg lhe deu um filho, um belo menino chamado Frithiof, enquanto Belé teve dois filhos, Halfdan e Helgé. Os meninos brincavam juntos e já estavam crescidos quando Ingeborg, filha caçula de Belé, nasceu. Algum tempo depois, a menina foi entregue aos cuidados de Hilding, que já era pai adotivo de Frithiof, pois as ausências frequentes de Thorsten dificultavam a empreitada da educação do menino.

Alegres cresceram, em júbilo inocente;
Jovem Frithiof foi a árvore nascente;
Beldade em botão junto de si,
Doce Ingeborg, orgulho do jardim.
FRITHIOF'S SAGA [SAGA DE FRITHIOF], ESAIAS TEGNÉR
(TRADUÇÃO INGLESA DE LONGFELLOW)

Frithiof logo se tornou forte e destemido sob o treinamento de seu pai adotivo, e Ingeborg rapidamente desenvolveu os mais doces aspectos de personalidade e beleza. Ambos ficavam muito felizes quando estavam juntos. Conforme foram crescendo, essa afeição infantil foi se tornando mais profunda e mais intensa, até que Hilding, percebendo o estado das coisas, mandou o rapaz se lembrar de que ele era súdito do rei e, portanto, não estava à altura de sua única filha.

A Odin, em seu céu estrelado,
Ascende linhagem titulada dela;
Mas és filho de Thorsten; desiste!
Pois "cada um com seu igual", dizem.
FRITHIOF'S SAGA [SAGA DE FRITHIOF], ESAIAS TEGNÉR
(TRADUÇÃO INGLESA DE G. STEPHENS)

O amor de Frithiof por Ingeborg

Essas advertências prudentes vieram tarde demais, no entanto, e Frithiof declarou com veemência que conquistaria a mão da bela Ingeborg, apesar de todos os obstáculos e de sua origem mais humilde.

Pouco depois disso, Belé e Thorsten encontraram-se pela última vez, perto do magnífico santuário de Balder, onde o rei, sentindo que seu fim estava próximo, reuniu uma assembleia solene chamada Ting, com todos os principais súditos, no intuito de apresentar seus filhos Helgé e Halfdan ao povo como seus sucessores. Os jovens herdeiros foram friamente recebidos nessa ocasião, pois Helgé tinha uma disposição sombria e taciturna, sendo inclinado à vida monástica, e Halfdan era de natureza frágil e feminil, conhecido por seu amor pelos prazeres e não pela guerra e pela caça. Frithiof, que estava presente e permaneceu ao lado deles, foi objeto de muitos olhares admirados por parte dos súditos.

> *Mas Frithiof estava logo atrás,*
> *Envolto em cerúleo manto;*
> *Uma cabeça mais alto*
> *Que os dois irmãos.*
>
> *Entre eles se destaca*
> *Como o dia maduro*
> *Ante a rósea madrugada,*
> *E a noite na mata escura.*
>
> FRITHIOF'S SAGA [SAGA DE FRITHIOF], ESAIAS TEGNÉR
> (TRADUÇÃO INGLESA DE G. STEPHENS)

Depois de dar suas últimas instruções, aconselhar seus filhos e falar gentilmente com Frithiof, por quem tinha calorosa consideração, o velho rei se virou para seu companheiro de toda a vida, Thorsten, para se despedir dele, mas o velho guerreiro declarou que não ficariam separados muito tempo. Belé então falou novamente aos filhos e mandou que construíssem sua sepultura, ou monte funerário, perto da de Thorsten, para que seus espíritos pudessem se comunicar sobre as águas do riacho estreito que correria entre eles, de modo que não ficassem separados nem na morte.

Helgé e Halfdan

Essas instruções foram fielmente executadas quando, pouco depois, os velhos companheiros soltaram seus últimos suspiros. Uma vez erigidos os montes funerários, os irmãos Helgé e Halfdan começaram a reinar em seus domínios, enquanto Frithiof, seu antigo colega de brincadeiras, retirou-se para sua própria morada em Framnäs, uma terra fértil, em um vale aprazível, cercada por imensas montanhas e águas de um riacho perene.

Por três milhas se estendiam suas terras; de três lados,
Vales, montanhas e colinas, mas no quarto lado, o oceano.
Bosques de bétulas coroavam os cumes, mas pelas encostas
O trigo dourava e, da altura de um homem, ondulava o centeio.
FRITHIOF'S SAGA [SAGA DE FRITHIOF], ESAIAS TEGNÉR
(TRADUÇÃO INGLESA DE LONGFELLOW)

Embora cercado de fiéis seguidores e abençoado com muitas riquezas e a posse dos famosos tesouros de seu heroico senhor, a espada Angurvadal, o anel Völund e o incomparável barco draconiforme Ellida, Frithiof estava infeliz, porque não podia mais ver a bela Ingeborg todos os dias. Todo o seu entusiasmo de antes reviveu, no entanto, quando na primavera, a seu convite, os dois reis foram visitá-lo, assim como a bela irmã, e mais uma vez eles passaram longas horas alegremente juntos. Assim constantemente juntos, Frithiof teve oportunidade de revelar a Ingeborg sua profunda afeição e recebeu em troca uma jura de amor.

Ele sentou-se ao lado dela e apertou-lhe a mão macia,
E sentiu o que de volta a pressão suave e branda dizia;
Quando seu olhar de amor radiante
Espelhou-se como o sol na lua brilhante.
FRITHIOF'S SAGA [SAGA DE FRITHIOF], ESAIAS TEGNÉR
(TRADUÇÃO INGLESA DE H.W. LONGFELLOW)

O cortejo de Frithiof

Quando a visita se encerrou e os convidados partiram, Frithiof informou a seu amigo e confidente, Björn, sua decisão de segui-los e pedir abertamente a mão de Ingeborg. Seu barco zarpou e navegou veloz como uma águia até a margem próxima do santuário de Balder, onde os irmãos nobres estavam sentados solenes diante da sepultura de Belé para ouvir as solicitações de seus súditos. Frithiof logo se apresentou diante deles e vigorosamente fez seu pedido, acrescentando que o velho rei sempre gostara dele e sem dúvida concordaria com a proposta.

Nenhum rei foi meu senhor, nenhum duque;
Mas canções renovam sua memória e bravura;
Dirão as pedras rúnicas,
Em altos moledros, de minha raça os feitos únicos.

Poderia ter conquistado terras imperiais; –
Mas preferi ficar na praia dos meus ancestrais;
Enquanto armas puder carregar –
A choça do pobre e o palácio do rei guardarei.

Na sepultura de Belé, estamos; cada palavra,
No escuro, embaixo de nós, ele escuta e sabe;
Implorou com Frithiof
O velho Chefe em seu moledro: pense bem na resposta!
FRITHIOF'S SAGA [SAGA DE FRITHIOF], ESAIAS TEGNÉR
(TRADUÇÃO INGLESA DE G. STEPHENS)

Ele prosseguiu prometendo uma vida inteira de lealdade e serviços de seus braços fortes em troca do prêmio que desejava.

Quando Frithiof terminou, o rei Helgé se levantou e, olhando com desdém para o rapaz, disse: "Nossa irmã não é para um filho de camponês; chefes nórdicos orgulhosos podem disputar a mão dela, mas tu não podes. Quanto à tua oferta insolente, sabes que sou capaz de proteger meu reino. No entanto, se quiseres me servir, terás lugar na minha casa."

Furioso com o insulto em público, Frithiof sacou sua espada invencível. Porém, lembrando-se de estar em terreno consagrado, golpeou apenas o escudo do rei, que caiu em dois no chão. Então, voltando para seu barco em silêncio melancólico, embarcou e zarpou.

E vê! de um só golpe, rachado ao meio,
De seu pilar de carvalho, cai o escudo dourado do rei:
E sentiram, com o choque, estrondoso sobressalto
Os vivos em cima, os mortos embaixo.
FRITHIOF'S SAGA [SAGA DE FRITHIOF], ESAIAS TEGNÉR
(TRADUÇÃO INGLESA DE LONGFELLOW)

Sigurd Ring, o pretendente

Depois de sua partida, chegaram mensageiros de Sigurd Ring, o velho rei de Ringric, na Noruega, que, tendo perdido a esposa, pedia a Helgé e Halfdan a mão de Ingeborg em casamento. Antes de dar a resposta àquele rei pretendente, Helgé consultou os sacerdotes e a Vala, ou profetisa, os quais declararam que os sinais não eram favoráveis ao casamento. Diante disso, Helgé reuniu o povo para ouvir as palavras que os mensageiros deveriam entregar a seu senhor, mas infelizmente o rei Halfdan deu vazão a seu humor irônico e fez uma referência zombeteira à idade avançada do rei pretendente. Essas palavras irrefletidas foram relatadas ao rei Ring, e ele ficou tão ofendido que imediatamente convocou um exército e se preparou para marchar contra os reis de Sogn para vingar o insulto com sua espada. Quando o rumor de sua aproximação chegou aos irmãos acovardados, eles ficaram aterrorizados e, temendo enfrentar o adversário sem ajuda, mandaram Hilding implorar pela ajuda de Frithiof.

Hilding encontrou Frithiof jogando xadrez com Björn e imediatamente revelou sua missão.

"Da parte dos herdeiros de Belé,
Venho com palavras e preces
Ao herói trazer nefasta notícia;
Em ti, a esperança do reino se deposita.

No templo de Balder, chora cativa,
Doce Ingeborg dias a fio:
Dize, essas lágrimas bastarão,
Para convocar seu campeão?"
FRITHIOF'S SAGA [SAGA DE FRITHIOF], ESAIAS TEGNÉR
(TRADUÇÃO INGLESA DE H.W. LONGFELLOW)

Enquanto o velho falava, Frithiof continuou jogando, apenas de vez em quando soltando uma interjeição com uma referência enigmática ao xadrez, até que por fim ele disse:

> *"Björn; em vão me caças a rainha,*
> *Desde pequena a mais querida peça minha!*
> *Ela é, no meu xadrez, a peça mais cara,*
> *Não importa o que aconteça — vou salvá-la!"*
> FRITHIOF'S SAGA [SAGA DE FRITHIOF], ESAIAS TEGNÉR
> (TRADUÇÃO INGLESA DE G. STEPHENS)

Hilding não entendeu a resposta e muito se queixou de Frithiof pela indiferença. Então Frithiof se levantou e, apertando gentilmente a mão do velho, mandou dizer aos reis que estava ofendido demais para atender a seu apelo.

Helgé e Halfdan, obrigados a combater sem seu líder mais valente, preferiram fazer um acordo com Sigurd Ring e resolveram lhe entregar não apenas a irmã Ingeborg, mas também um tributo anual.

No santuário de Balder

Enquanto estavam assim envolvidos no estreito de Sogn, Frithiof correu para o templo de Balder, aonde Ingeborg havia sido enviada por segurança, e, como Hilding havia declarado, encontrou-a aos prantos. Então, embora fosse considerado sacrilégio homem e mulher trocarem palavras naquele lugar sagrado, Frithiof não pôde evitar consolá-la. Esquecendo-se de todo o resto, ele falou com ela e a confortou, acalmando todas as apreensões quanto à ira dos deuses, garantindo-lhe que Balder, o Bom, veria a paixão inocente dos dois com bons olhos, pois um amor tão puro como o deles não seria capaz de macular nenhum santuário. Assim, os dois acabaram jurando seu amor diante do santuário de Balder.

> *"Sussurraste 'Balder' — Temeste a sua ira; —*
> *Toda raiva se afasta do deus gentil.*
> *Cultuamos aqui um Amante, mais querido!*
> *O amor de nosso coração é seu sacrifício;*
> *Deus cuja fronte irradia esplendor solar,*
> *Cuja fé dura toda a eternidade, —*
> *Não foi seu amor pela bela Nanna*
> *Tão puro quanto o meu amor por ti?*

Veja sua imagem! — ele nela chora —
Quão meigos são seus olhos claros!
Um sacrifício ofereço,
Um coração cheio do mais puro amor.
Vem ajoelhar comigo! nenhum incenso
À alma de Balder tem mais valor
Que dois corações, jurando em sua presença
Uma fé tão justa quanto ele demonstrou!"
FRITHIOF'S SAGA [SAGA DE FRITHIOF], ESAIAS TEGNÉR
(TRADUÇÃO INGLESA DE G. STEPHENS)

Reconfortada por esse argumento, que recebeu mais força da voz que falava alto em seu próprio coração, Ingeborg não pôde recusar olhar e falar com Frithiof. Durante a ausência dos reis, os jovens amantes se encontraram todos os dias e trocaram presentes de amor, Frithiof dando a Ingeborg o bracelete Völund, que ela solenemente prometeu enviar de volta ao amante caso fosse obrigada a quebrar a promessa de viver apenas para ele. Frithiof permaneceu em Framnäs até a volta dos reis, quando, cedendo aos pedidos amáveis de Ingeborg, a Bela, tornou a aparecer diante deles e jurou livrá-los da submissão a Sigurd Ring se reconsiderassem a decisão e lhe prometessem a mão de sua irmã.

"A guerra se impõe e ataca
Com seu escudo brilhante em teus domínios,
Teu reino, rei Helgé, está em risco:
Mas dá tua irmã, e meu braço empresto
Para te proteger na batalha. Pode te ser útil.
Vamos! Esqueçamos esse remorso, que sinto
Contrariado contra o irmão de Ingeborg.
Ajuizado sejas, rei! Sê justo! E salva de vez
Tua coroa dourada e o coração da bela irmã!
Eis minha mão: pelo Aesir Thor juro
Nunca mais romper essa aliança!"
FRITHIOF'S SAGA [SAGA DE FRITHIOF], ESAIAS TEGNÉR
(TRADUÇÃO INGLESA DE G. STEPHENS)

Frithiof banido

Embora essa proposta tenha sido recebida com aclamação pelos guerreiros reunidos, Helgé perguntou com desdém se Frithiof havia falado com Ingeborg e assim profanado o templo de Balder.

Um grito de "diga que não, Frithiof, diga que não!" se ergueu do círculo de guerreiros, mas ele respondeu com orgulho: "Eu não mentiria para conquistar Valhala. Falei com tua irmã, Helgé, mas não perturbei a paz de Balder."

Um murmúrio horrorizado se seguiu diante dessa afirmação e, quando a voz dura de Helgé se levantou para julgar, ninguém contradisse a justiça da sentença.

Aparentemente a pena não foi cruel, mas Helgé sabia que significaria a morte, e era esse seu intento.

Muito longe dali, a oeste, ficavam as ilhas Órcades, governadas pelo *jarl* Angantyr, cujo tributo anual a Belé havia sido interrompido agora que o velho rei jazia em seu túmulo. Ele tinha fama de ser duro e ter pulso firme, e a Frithiof foi dada a tarefa de cobrar pessoalmente o imposto.

Antes de navegar nessa missão por ordem do rei, contudo, ele procurou mais uma vez Ingeborg e implorou que ela fugisse com ele para viverem no Sul ensolarado, onde a felicidade dela seria a lei para ele e ela reinaria sobre os súditos dele como esposa honrada. Mas Ingeborg tristemente se recusou a acompanhá-lo, dizendo que, como o pai dela estava morto, era por dever obrigada a obedecer aos irmãos e não podia se casar sem o consentimento deles.

O espírito impetuoso de Frithiof a princípio se impacientou com a frustração de suas esperanças, mas por fim sua natureza nobre prevaleceu. Então, após uma dilacerante despedida, ele embarcou no Ellida e zarpou tristonho do porto, enquanto Ingeborg, com os olhos cheios de lágrimas, assistiu até o barco sumir na distância.

Mal o barco sumiu de vista, Helgé pediu a duas bruxas, Heid e Ham, que invocassem uma tempestade no mar que tornasse impossível mesmo a um barco que fora presente dos deuses resistir, de modo que todos a bordo perecessem. As bruxas imediatamente acataram a ordem e, com a ajuda de Helgé, geraram uma tempestade cuja fúria não tinha paralelo na história.

Helgé na praia
Canta suas pragas,
Potente atrai
Seres terrenos e infernais.
Treva se acumula e o céu amortalha;
Escuta, troa o trovão distante!
Relâmpagos lúgubres voam,
Rabiscando o mastro de sangue.
O mar, borbulhante desde o leito,
Espalha sua onda de espuma;
Gritando, na fuga mais ligeira,
Gaivotas uma ilha procuram.
FRITHIOF'S SAGA [SAGA DE FRITHIOF], ESAIAS TEGNÉR
(TRADUÇÃO INGLESA DE H.W. LONGFELLOW)

Desatada então a tempestade
Louca em seu curso; na espuma do mar,
Ora ele é afundado, ora elevado,
Rodopiando até onde Deus foi morar:
Passam hórridos espíritos alertando
No alto da vaga de maior altura —
Vindos da vasta, escancarada, branca,
Insondável e sem fundo sepultura.
FRITHIOF'S SAGA [SAGA DE FRITHIOF], ESAIAS TEGNÉR
(TRADUÇÃO INGLESA DE G. STEPHENS)

A tempestade

Sem medo das ondas que o arremessavam e das rajadas que zuniam em seus ouvidos, Frithiof cantou uma canção alegre para acalmar a tripulação aterrorizada. Entretanto, quando o perigo se tornou tão grande que seus homens exaustos se consideraram perdidos, ele pensou em oferecer um tributo à deusa Ran, que sempre exigia ouro daqueles que iam para o repouso eterno sob as ondas do mar. Sacando seu bracelete, ele o cortou com sua espada, dividindo os pedaços igualmente entre seus homens.

> *Quem de mãos abanando*
> *Desce ao mar azul de Ran?*
> *Frios seus beijos lhe parecem,*
> *Fugazes são seus abraços.*
> FRITHIOF'S SAGA [SAGA DE FRITHIOF], ESAIAS TEGNÉR
> (TRADUÇÃO INGLESA DE G. STEPHENS)

Ele então mandou Björn segurar o leme e subiu ao topo do mastro para ver o horizonte. Ali empoleirado, avistou uma baleia, sobre a qual duas bruxas comandavam a tormenta. Dirigindo a palavra a seu bom barco, que era dotado do poder do entendimento e podia obedecer aos seus comandos, ele passou por cima da baleia e das bruxas, e o mar ficou vermelho com o sangue delas. No mesmo instante, o vento parou, as ondas se acalmaram e o tempo bom logo sorriu novamente sobre os mares.

Exaustos pelos esforços sobre-humanos e pelo trabalho de levar seu barco encharcado para terra firme, os homens estavam fracos demais para desembarcar quando enfim chegaram às ilhas Órcades. Precisaram ser levados para terra firme por Björn e Frithiof, que delicadamente os deitaram na areia, pedindo que descansassem e se recuperassem depois de todas as agruras sofridas.

> *Mais que seu Dragão exaustos,*
> *Os homens de Frithiof cambaleavam;*
> *Embora em armas apoiados,*
> *Mal em pé se sustentavam.*
> *Björn, em ombro forte, ousou*
> *Quatro portar até a praia;*
> *Frithiof sozinho oito levou, —*
> *Deixando-os na areia cálida.*

> *"Não! rostos pálidos, não se avexem!*
> *Ondas são vikings poderosos;*
> *Dura é a luta desigual —*
> *Donzelas do mar, nossas rivais.*

Vejam! eis o chifre de hidromel,
Vagando em pés muito dourados;
Marujada! aqueçam seus corpos, — e
Um brinde a Ingeborg!"
FRITHIOF'S SAGA [SAGA DE FRITHIOF], ESAIAS TEGNÉR
(TRADUÇÃO INGLESA DE G. STEPHENS)

A chegada de Frithiof e de seus homens e o modo como desembarcaram foram observados pelo sentinela de Angantyr, que imediatamente informou a seu chefe tudo o que vira. O *jarl* exclamou que o barco que havia sobrevivido a tamanha tormenta só podia ser o Ellida e que seu capitão era sem dúvida Frithiof, o galante filho de Thorsten. Diante dessas palavras, um de seus Berserkers, Atlé, pegou em armas e saiu do salão, jurando que desafiaria Frithiof e assim confirmaria a veracidade das lendas que ouvira sobre a coragem do jovem herói.

O desafio de Atlé

Embora ainda muito exausto, Frithiof imediatamente aceitou o desafio de Atlé, e, após um duro combate com espadas, no qual Angurvadal foi vitoriosa, os dois guerreiros se atracaram em um confronto mortal. Essa luta corpo a corpo ficaria bastante famosa no Norte, e os heróis eram muito parelhos, mas no final Frithiof derrubou o antagonista, a quem teria matado ali mesmo se estivesse com sua espada à mão. Atlé percebeu sua intenção e disse que ele podia ir buscar a espada, prometendo não se mover durante sua ausência. Frithiof, sabendo que a promessa do guerreiro era inviolável, logo obedeceu; mas quando voltou com sua espada e encontrou seu adversário calmamente esperando a morte, desistiu e mandou Atlé se levantar e continuar vivo.

Então atacam, nada é concedido,
Duas idênticas ondas outonais!
E logo, em aço envolvidos,
Seus peitos se chocam sem paz.

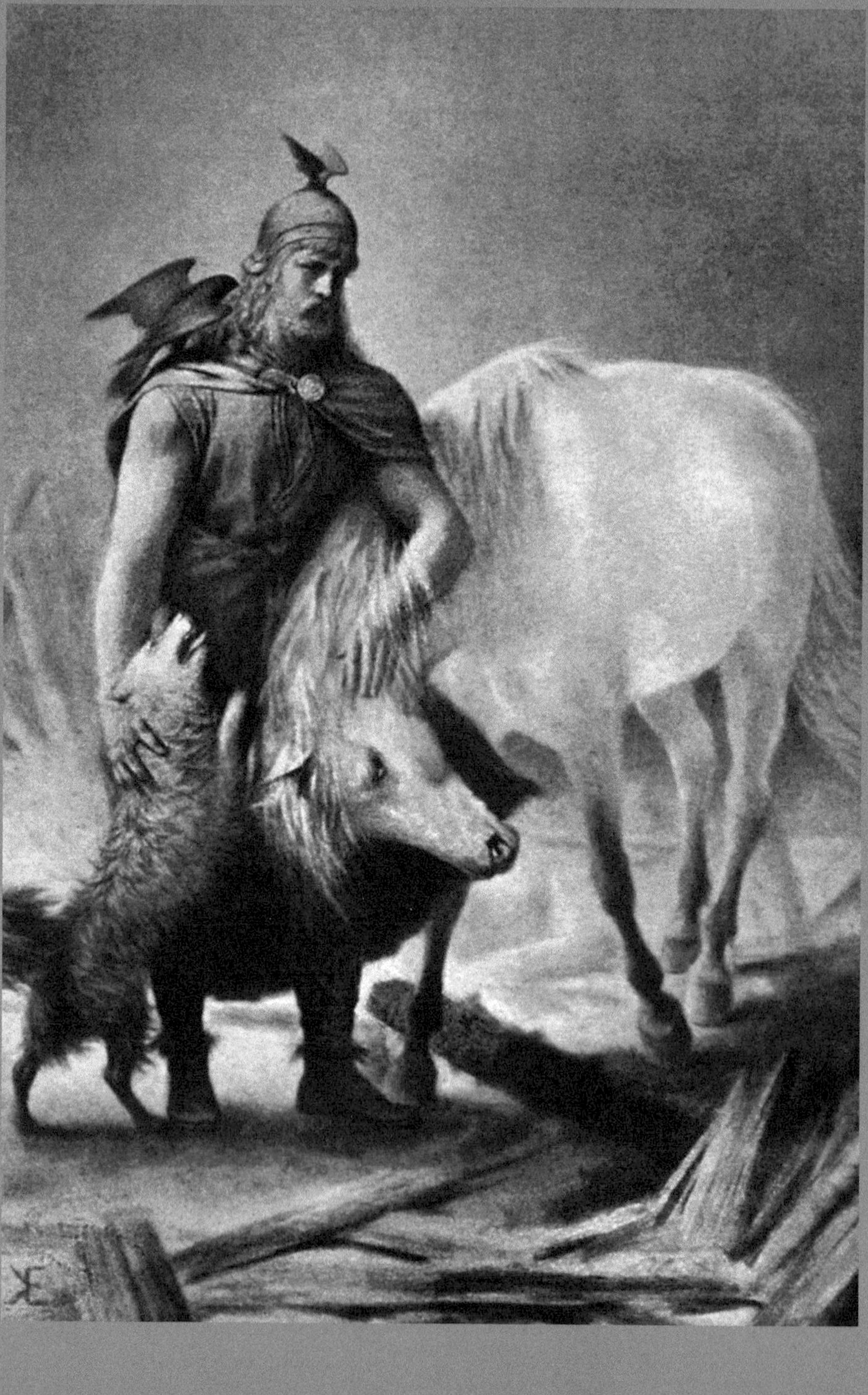

Como dois ursos, lutando,
Nos montes de neve; e puxam
E empurram, como duas águias
No mar furioso em guerra.
A pedra arraigada resistiria
Duramente entre ambos
E carvalhos verdes dobrariam
Com menos força exultante.

De suas testas, suor escorre;
Seus peitos frios arquejam;
E pedras e montes e bosques
Cem vezes mais golpes sofreram.
FRITHIOF'S SAGA [SAGA DE FRITHIOF], ESAIAS TEGNÉR
(TRADUÇÃO INGLESA DE G. STEPHENS)

Juntos, os guerreiros apaziguados então partiram em direção ao palácio de Angantyr, que Frithiof descobriu ser muito diferente das rudes moradias de sua terra natal. As paredes eram revestidas de couro ricamente decorado com ornamentos dourados. A lareira era de mármore e as janelas, dotadas de painéis de vidro. Uma luz suave se difundia das muitas velas acesas em castiçais de prata, e as mesas de madeira rangiam sob os pratos mais fartos e luxuosos.

No alto de um trono de prata, sentava-se o *jarl*, vestido em cota de malha de ouro, sobre a qual pousava um rico manto bordado com pele de arminho; mas, quando Frithiof entrou, ele desceu de seu torno com a mão cordialmente estendida. "Esvaziei muitos cornos de hidromel com meu velho amigo Thorsten", ele disse, "e seu filho corajoso é igualmente bem-vindo em minha mesa."

Sem relutância, Frithiof sentou-se ao lado de seu anfitrião e, depois de comer e beber, contou suas aventuras por terra e mar.

Por fim, no entanto, Frithiof revelou sua missão, ao que Angantyr disse que não devia tributo nenhum a Helgé e não pagaria nada, mas daria a quantia solicitada como presente ao filho de seu velho amigo, deixando-o livre para usá-la como quisesse. Nesse ínterim, como

IMAGEM
O retorno de Frithiof a Framnäs
KNUT EKWALL

o tempo não era propício para a viagem de volta, e as tempestades continuavam varrendo o mar, o rei convidou Frithiof para passar o inverno no palácio, e só quando as brisas amenas tornaram a soprar ele enfim deixou-o partir.

A volta de Frithiof

Despedindo-se de seu anfitrião, Frithiof zarpou, e levado por ventos favoráveis, o herói, depois de seis dias, avistou Framnäs, e descobriu que seu lar havia sido reduzido a uma pilha de cinzas por ordem de Helgé. Triste, Frithiof percorreu a casa devastada de sua infância; ao contemplar o cenário desolado, seu coração ardeu no peito. As ruínas não estavam inteiramente desertas, contudo, e de repente Frithiof sentiu o focinho frio de seu cão em sua mão. No momento seguinte, seu corcel favorito se aproximou do dono, e as criaturas fiéis ficaram frenéticas de alegria. Então veio Hilding para saudá-lo com a informação de que Ingeborg havia se casado com Sigurd Ring. Quando Frithiof ficou sabendo, foi tomado por uma fúria de Berserker, e mandou seus homens prepararem seus barcos, enquanto ele ia ao templo procurar Helgé.

O rei estava coroado em meio a um círculo de sacerdotes, alguns dos quais brandiam pinhas em chamas, e todos empunhavam facas sacrificiais. De súbito, ouviu-se um rumor de armas e Frithiof apareceu, com o semblante soturno como as tempestades de outono. O rosto de Helgé ficou pálido ao confrontar o herói furioso, pois sabia o que sua presença prenunciava. "Toma o teu tributo, rei", disse Frithiof, soltando a bolsa do cinto e atirando-a no rosto de Helgé com tanta força que tirou sangue de sua boca e ele caiu atordoado aos pés de Balder.

Os sacerdotes de barbas prateadas avançaram para a cena da agressão, mas Frithiof fez com que recuassem, e seu olhar foi tão ameaçador que eles não ousaram desobedecer.

Então seus olhos notaram o bracelete que ele dera a Ingeborg, o qual Helgé havia posto no braço de Balder e, dirigindo-se à imagem de madeira, Frithiof disse: "Perdão, grande Balder, não foi para ti que o anel foi tirado da sepultura de Völund!" Então pegou o bracelete, mas, embora puxasse com força, o adorno não se soltava. Enfim, ele empregou toda sua força, e com um puxão súbito conseguiu soltá-lo, mas fez com que a imagem do deus caísse sobre o fogo do altar. No momento seguinte, a imagem se incendiou, e antes que algo pudesse ser feito o templo inteiro se consumiu em fogo e fumaça.

> *Tudo se foi! Do salão onde crepita*
> *A crista rubra se alevanta! –*
> *Pousa no teto e estridente grita,*
> *Até que livre abre asas farfalhantes.*
> FRITHIOF'S SAGA [SAGA DE FRITHIOF], ESAIAS TEGNÉR
> (TRADUÇÃO INGLESA DE G. STEPHENS)

Frithiof, tomado de horror diante do sacrilégio involuntário que ocasionara, em vão tentou apagar o fogo e salvar o precioso santuário. Vendo a inutilidade de seus esforços, escapou para seu barco e decidiu seguir a vida dura de um pária no exílio.

> *Repouso não terás,*
> *Deves te apressar,*
> *Ellida! – zarpa*
> *E o mundo abarca.*
> *Sim! Avança! Vaga*
> *Na espuma salsa,*
> *Meu bom Dragão!*
>
> *Tua onda ousada*
> *Me abraça! – Jamais*
> *De ti me afasto! –*
> *Moledro de meu pai,*
> *Fica embotado, amarrado*
> *E ondas idênticas*
> *Entoam cantos fúnebres;*
> *Mas o meu azul será*
> *Em meio à flora de espuma,*
> *Em meio à procela nadará,*

E a tormenta espessa amainará,
E puxa ainda mais
Para baixo, bem abaixo. —
Verdadeiro lar da minha vida,
Quão remotamente conduzido!
Meu moledro sejas —
Tu, meu amplo Mar em si!
FRITHIOF'S SAGA [SAGA DE FRITHIOF], ESAIAS TEGNÉR
(TRADUÇÃO INGLESA DE G. STEPHENS)

Frithiof exilado

Helgé começou a perseguição com dez grandes barcos draconiformes, porém, mal os barcos haviam zarpado, começaram a afundar, e Björn disse com uma gargalhada: "Aquilo que Ran abraça, ela não devolve." Até mesmo o rei Helgé teve dificuldade de desembarcar em terra firme, e os sobreviventes foram obrigados a ficar parados enquanto as grandes velas do Ellida lentamente sumiam no horizonte. Foi assim que Frithiof viu com tristeza sua terra natal desaparecer de vista; e ao sumir, ele sussurrou um adeus terno ao amado país que jamais esperava tornar a ver.

Depois de se despedir, Frithiof percorreu os mares como pirata, ou viking. Seu código era nunca se estabelecer em nenhum lugar, dormir sobre o próprio escudo, lutar e jamais fazer ou trocar prisioneiros, proteger os barcos que lhe pagavam tributo e saquear os outros, e distribuir todo o butim entre seus homens, reservando para si apenas a glória da empreitada. Assim, navegando e guerreando, Frithiof visitou muitas terras e chegou enfim às ensolaradas ilhas da Grécia, aonde queria ter levado Ingeborg como sua noiva. As paisagens evocaram tamanha torrente de memórias tristes que ele ficou transtornado de saudades de sua amada e de sua terra natal.

Na corte de Sigurd Ring

Três anos se passaram, então Frithiof decidiu voltar para o Norte e visitar a corte de Sigurd Ring. Quando anunciou essa intenção a Björn, seu fiel companheiro censurou-o pela impetuosidade de pensar em viajar sozinho, mas Frithiof não quis recuar de seu propósito, dizendo:

IMAGEM
Frithiof na corte de Ring
KNUT EKWALL

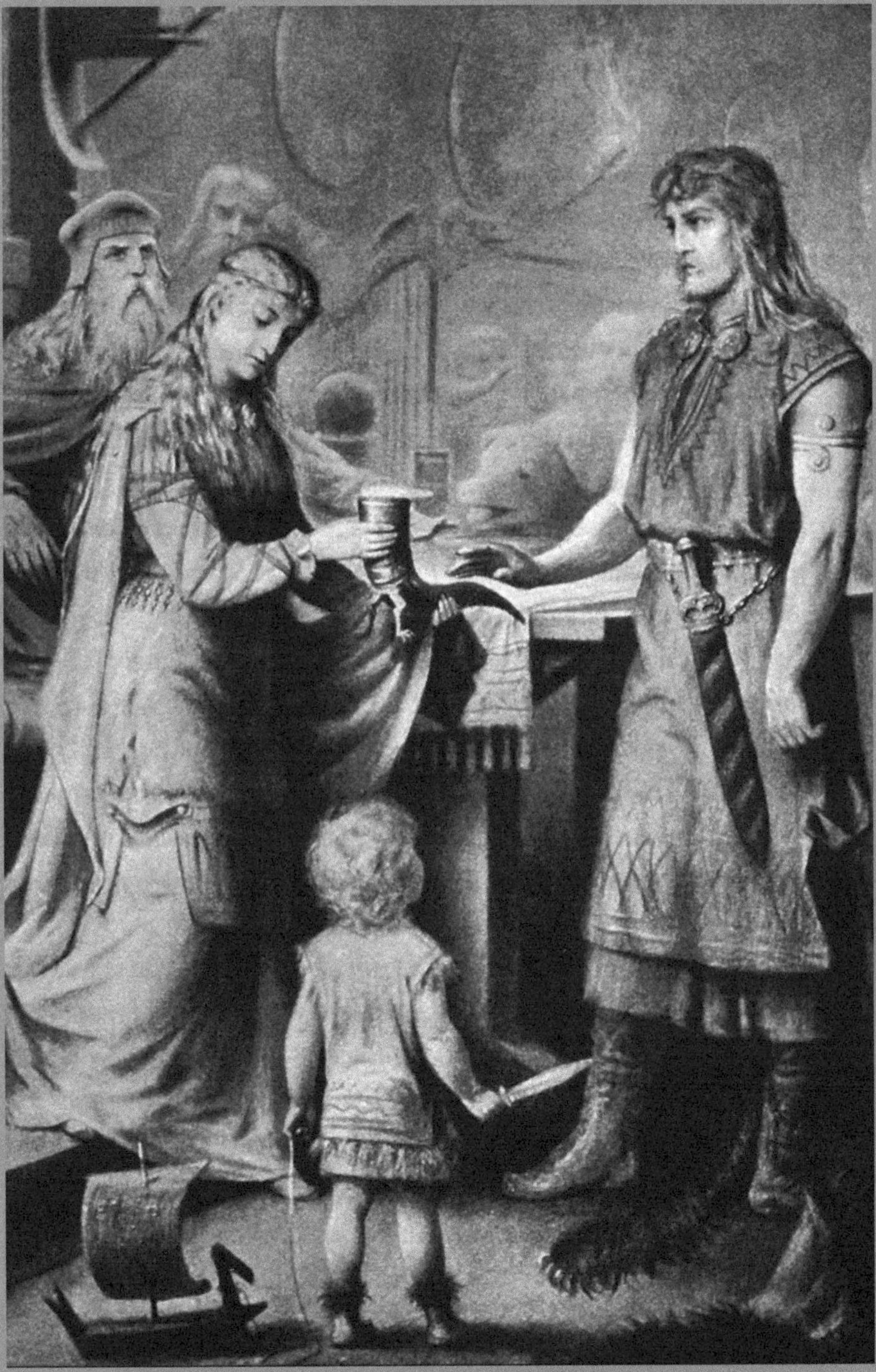

"Eu nunca estou sozinho com Angurvadal ao meu lado." Manobrando o barco Ellida pelo Vik (o trecho principal do fiorde Christiania), ele confiou o leme a Björn e, vestindo a pele de urso que costumava usar como disfarce, foi sozinho a pé até a corte de Sigurd Ring, chegando a tempo das comemorações do Yule. Como se não passasse de um velho mendigo, Frithiof sentou-se em um banco perto da porta, onde logo se tornou assunto de piadas grosseiras dos presentes. Quando um dos que o zombavam, contudo, aproximou-se demais, o suposto mendigo agarrou-o com força e o ergueu acima da cabeça.

Aterrorizados por aquela demonstração de força sobre-humana, os cortesãos logo se afastaram da zona de perigo, enquanto Sigurd Ring, cuja atenção fora atraída pela comoção, rispidamente mandou o forasteiro se aproximar e dizer quem ousava romper a paz de seu salão real.

Frithiof respondeu evasivamente que ele fora criado com penitência, que herdara só necessidades e que tinha a mesma origem dos lobos; quanto a seu nome, não tinha importância. O rei, como era o costume nas cortes, não insistiu, mas o convidou a se sentar ao lado dele e da rainha, para brindarem com alegria. "Mas primeiro", disse o rei, "deixemos de lado essa cobertura incômoda que esconde, se não estou enganado, uma forma mais condigna."

Frithiof aceitou de bom grado o convite feito tão cordialmente e, quando a pele de urso foi removida de sua cabeça e de seus ombros, ele se revelou no auge da juventude, para surpresa dos guerreiros ali reunidos.

Mas, embora sua aparência o distinguisse como alguém acima do povo comum, nenhum dos cortesãos o reconheceu. A história foi outra, contudo, com Ingeborg. Se algum curioso olhasse para ela naquele momento, a mudança de cor e a respiração acelerada em seu peito revelariam sua profunda emoção.

A face pálida da rainha pasmada, como logo em róseos tons se tinge! —
Então arroxeadas auroras boreais em campos nevados se distinguem;
Como dois nenúfares brancos levados pela onda da tormenta,
A cada momento se erguendo, caindo — arqueja seu peito trêmulo!
FRITHIOF'S SAGA [SAGA DE FRITHIOF], ESAIAS TEGNÉR
(TRADUÇÃO INGLESA DE G. STEPHENS)

Frithiof mal se sentara à mesa quando, anunciado por um toque de clarins, um grande javali foi trazido e servido diante do rei. Segundo o costume da festa do Yule naquele tempo, o velho monarca se levantou e, tocando a cabeça do animal, fez uma jura de que, com a ajuda de Frey, Odin e Thor, ele derrotaria o valente campeão Frithiof. Então Frithiof também se ergueu e, cravando sua espada no grande banco de madeira, declarou que Frithiof era seu parente e ele também jurava que, ainda que tivesse de lutar com o mundo inteiro, nenhum perigo atingiria o herói enquanto ele pudesse sustentar sua espada.

Diante dessa interrupção inesperada, os guerreiros se levantaram rapidamente dos bancos de carvalho, mas Sigurd Ring sorriu benevolente da veemência do rapaz e disse: "Amigo, tuas palavras são excessivamente ousadas, mas jamais um convidado foi proibido de proferir seus pensamentos neste salão real." Então ele se virou para Ingeborg e mandou que ela enchesse até a borda com seu melhor hidromel um corno imenso, ricamente decorado, que havia diante dela e oferecesse ao convidado. A rainha obedeceu de olhos baixos, e o tremor de suas mãos fez o líquido se derramar. Dois homens comuns não conseguiriam beber todo aquele poderoso hidromel, mas Frithiof levou o corno aos lábios e, quando o afastou, não havia restado nenhuma gota.

Antes de encerrar o banquete, Sigurd Ring convidou o jovem forasteiro para permanecer em sua corte até a volta da primavera, e, aceitando a hospitalidade oferecida, Frithiof se tornou companheiro constante do casal real, a quem acompanharia em todas as ocasiões.

Um dia, Sigurd Ring saiu para um banquete com Ingeborg. Eles foram de trenó, enquanto Frithiof, com calçados de aço, foi deslizando graciosamente ao lado, desenhando muitas figuras místicas no gelo. O trajeto passava por um trecho perigoso de solo congelado, e Frithiof alertou o rei de que seria prudente evitar aquele caminho. O rei não deu ouvidos ao conselho, contudo, e de repente o trenó afundou em uma fenda que ameaçou engoli-lo com o rei e a rainha. Mas como um falcão descendo sobre a presa, Frithiof surgiu e, sem aparente esforço, arrastou o cavalo e a carga até o gelo mais firme. "Providencial", disse Ring, "o próprio Frithiof não teria feito melhor."

O longo inverno chegou ao fim, e no início da primavera o rei e a rainha organizaram um grupo de caça, do qual toda a corte faria parte. Durante a caçada, a idade avançada de Sigurd Ring tornou impossível para ele acompanhar o ritmo agitado do grupo, e assim aconteceu de ele ficar para trás, até que por fim apenas Frithiof permaneceu a seu lado. Eles cavalgaram juntos, lentamente, até chegarem a um vale aprazível, que convidava o rei exausto ao repouso, e ele disse que se deitaria e descansaria um pouco.

Então Frithiof tirou seu manto e, sobre a grama verde, o abriu,
E o velho rei tão confiante nos joelhos de Frithiof dormiu;
Dormiu tão calmamente quanto o herói depois da campanha,
No próprio escudo, calmo como o filho nos braços da mãe.
FRITHIOF'S SAGA [SAGA DE FRITHIOF], ESAIAS TEGNÉR
(TRADUÇÃO INGLESA DE LONGFELLOW)

A lealdade de Frithiof

Enquanto o rei idoso descansava, um pássaro cantou para Frithiof, de uma árvore vizinha, mandando-o tirar vantagem do desamparo de seu anfitrião para assassiná-lo e retomar a noiva da qual ele havia sido privado de forma injusta. Embora o jovem coração ardente de Frithiof clamasse por sua amada, ele se recusou terminantemente a acatar a sugestão cruel, mas, com medo de se deixar levar pela tentação, apesar de seu horror diante desse pensamento, impulsivamente lançou sua espada em um arbusto vizinho.

Alguns momentos depois, Sigurd Ring abriu os olhos e disse a Frithiof que apenas fingira dormir; disse-lhe também que o reconhecera desde o primeiro momento, que o testara de muitas maneiras, e descobrira que sua honra era tão grande quanto sua coragem. A idade avançada agora o alcançara, e ele sentia a morte se aproximar. Dentro em breve, portanto, Frithiof poderia realizar seu maior desejo, e Sigurd Ring disse-lhe que morreria feliz se ele pudesse ficar a seu lado até o fim.

Um sentimento de repulsa, contudo, tomara conta de Frithiof, e ele disse ao velho rei que sentia que Ingeborg jamais poderia ser dele, devido à ira de Balder. Ficara tempo demais no mesmo lugar; agora partiria

IMAGEM
Frithiof
observa o rei
adormecido
KNUT EKWALL

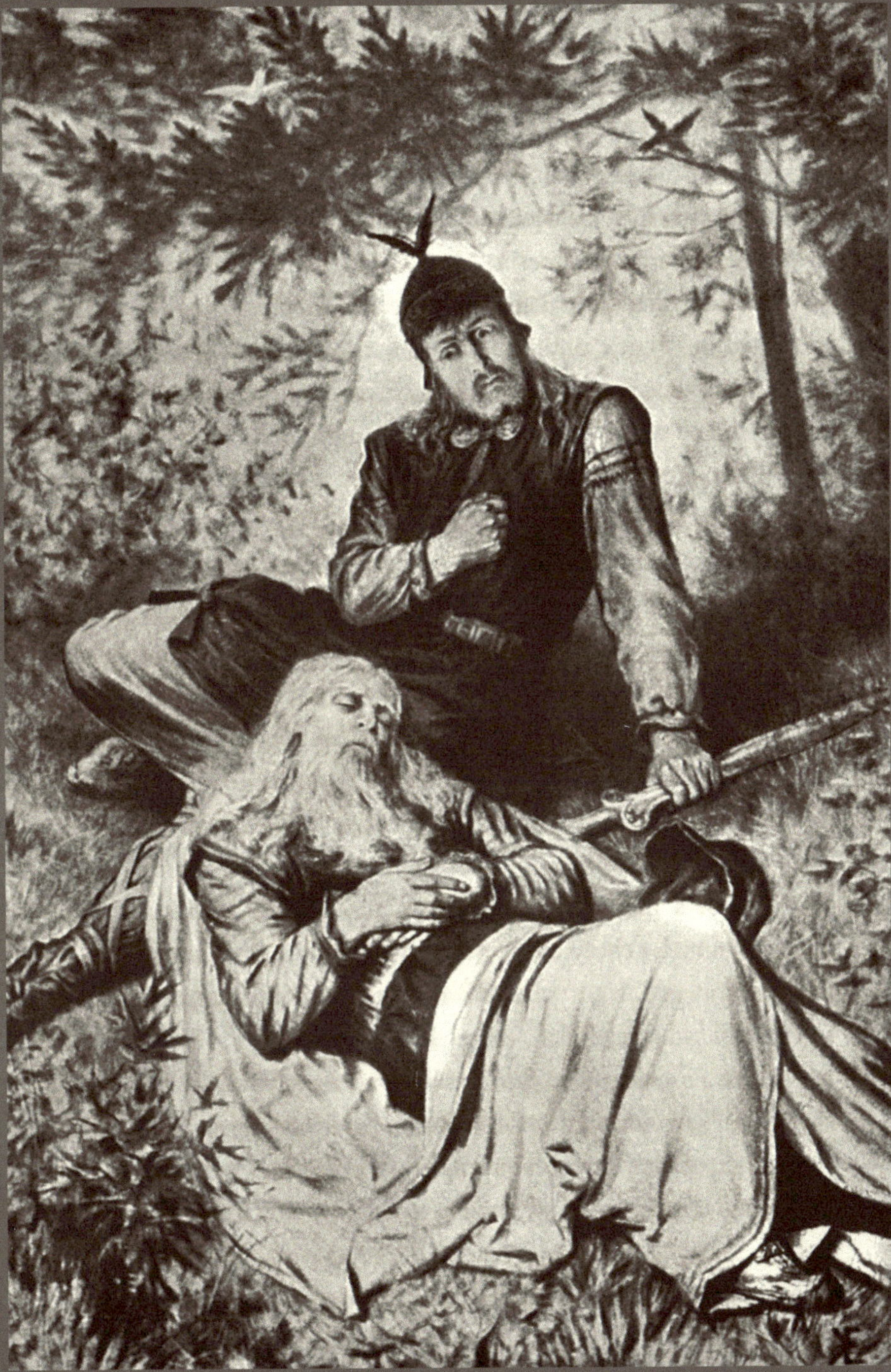

mais uma vez para o mar e encontraria a morte em combate, de modo a se redimir da ofensa aos deuses.

Decidido, ele logo fez os preparativos para sua partida, mas, quando voltou à corte para se despedir de seus anfitriões reais, encontrou Sigurd Ring à beira da morte. O velho guerreiro considerava que a "morte na palha" não conquistaria as graças de Odin e, na presença de Frithiof e de sua corte, corajosamente gravou as runas da morte em seu braço e em seu peito. Então, agarrando Ingeborg com uma das mãos, ele ergueu a outra para abençoar Frithiof e seu filho jovem, e assim passou em paz aos salões dos bem-aventurados.

> *Todos os Deuses, eu vos saúdo!*
> *Filhos de Valhala!*
> *A Terra some; ao banquete dos Aesir*
> *Gjallarhorn me chama;*
> *Bem-aventurança, como um*
> *Elmo dourado, cerca o convidado que chega!*
> FRITHIOF'S SAGA [SAGA DE FRITHIOF], ESAIAS TEGNÉR
> (TRADUÇÃO INGLESA DE G. STEPHENS)

Bodas de Frithiof e Ingeborg

Os guerreiros de toda a nação então se reuniram em assembleia solene para escolher um sucessor ao trono. Frithiof havia conquistado a admiração entusiasmada do povo, que de bom grado o teria aclamado rei. Apesar disso, ele ergueu o filhinho de Sigurd Ring em seu escudo quando ouviu a aclamação de seu nome e apresentou o menino à assembleia como seu futuro rei, jurando em público defendê-lo até que o menino tivesse idade para fazê-lo. A criança, cansada de ficar naquela posição incômoda, corajosamente pulou para o chão assim que o discurso de Frithiof terminou e caiu de pé. Esse ato de ousadia e agilidade em alguém tão novo impressionou os rústicos nórdicos, e um grito alto se ouviu: "Nós te escolhemos, menino do escudo!"

> *Mas, feito rei no trono, o infante*
> *Senta-se no escudo erguido;*

Pequena águia alegre, na nuvem da montanha,
Que o Sol vigia!
Enfim seu posto o jovem julga
Maçante demais para si;
E ganha o chão com um impulso —
De um rei, um salto digno!
FRITHIOF'S SAGA [SAGA DE FRITHIOF], ESAIAS TEGNÉR
(TRADUÇÃO INGLESA DE G. STEPHENS)

Segundo alguns relatos, Frithiof então guerreou contra os irmãos de Ingeborg e, depois de derrotá-los, permitiu que conservassem seu reino sob a condição de lhe pagarem um tributo anual. Então ele e Ingeborg permaneceram em Ringric até o jovem rei ter idade para assumir o governo, quando então partiram para Hordalândia, reino que Frithiof havia conquistado e que deixou para seus filhos Gungthiof e Hunthiof.

A conclusão do bispo Tegnér, no entanto, difere consideravelmente, e, ainda que pareça menos condizente com o temperamento rude daqueles tempos difíceis dos saqueadores marítimos, suas qualidades espirituais superiores a tornam mais atraente. Segundo o poema de Tegnér, Frithiof foi estimulado pelos homens de Sigurd Ring a se casar com Ingeborg e a permanecer com eles como guardião do reino. Mas Frithiof respondeu que não podia, pois a ira de Balder contra ele ainda ardia, e apenas este poderia lhe conceder a noiva adorada. Ele disse aos homens que viajaria pelos mares e buscaria obter o perdão do deus, e em seguida se despediu para novamente seguir viagem em seu barco levado pelo vento.

A primeira visita de Frithiof foi ao monte funerário de seu pai, onde afundou na melancolia da desolação ao redor, e abriu sua alma ao deus ultrajado. Ele lembrou que era costume dos nórdicos cobrar em sangue o assassinato de parentes, e certamente os bem-aventurados deuses não teriam menos compaixão que os humanos. Apaixonadamente, ele suplicou a Balder que lhe mostrasse como poderia se redimir de sua falha imprevista. De súbito, uma resposta foi oferecida, e Frithiof contemplou nas nuvens uma visão de um novo templo.

> *Eis que de repente, das águas ocidentais pendentes,*
> *Uma Imagem surge, de ouro e labaredas resplendente,*
> *Sobre a tumba de Balder paira, na noite nublada,*
> *Como coroa de ouro repousada em leito verde.*
> *Até que em templo transformada, firme, pousou —*
> *E onde Balder antes havia, outro templo fundou.*
> FRITHIOF'S SAGA [SAGA DE FRITHIOF], ESAIAS TEGNÉR
> (TRADUÇÃO INGLESA DE G. STEPHENS)

O herói no mesmo instante compreendeu que os deuses lhe haviam indicado um modo de se redimir e não poupou riquezas nem esforços até que um templo e um arvoredo gloriosos, que excediam em muito o esplendor do antigo santuário, ergueram-se das ruínas.

> *Pronto o Templo do grande Balder!*
> *Em volta nenhum tapume de madeira*
> *Nem agora nem antes;*
> *Grades mais fortes, mais belas doravante,*
> *E tudo em ferro lavrado — cada barra*
> *Regular em ouro banhada —*
> *Cercam a Morada sagrada de Balder. Feito fila*
> *De campeões trajando aço, cujas lanças de guerra brilham*
> *E elmos dourados ao longe — assim se porta*
> *Essa guarda luzidia no interior do santo bosque!*

> *De imensos blocos de granito, unidos com grande zelo*
> *E ousada arte, o monte maciço se erigiu; e ao vê-lo*
> *(Obra gigantesca, almejava no fundo*
> *Durar até o fim do mundo,)*
> *Era alto como o templo de Uppsala, cujo norte*
> *Via os salões de Valhala figurado na terra.*

> *Alta no topo da montanha, sua altiva fachada*
> *Refletia-se serena na onda clara do mar agitado.*
> *Mas ao redor, uma guirlanda de belas flores,*

Era o Vale de Balder, dos suspiros murmurados pelos hortos,
Das delicadas melodias de canoros passarinhos — Lar da Paz.
FRITHIOF'S SAGA [SAGA DE FRITHIOF], ESAIAS TEGNÉR
(TRADUÇÃO INGLESA DE G. STEPHENS)

Nesse ínterim, enquanto as vigas estavam sendo entalhadas, o rei Helgé ausentou-se para passar um período nas montanhas finlandesas. Um dia, aconteceu de seu grupo passar por uma fresta no rochedo onde ficava o santuário solitário de um deus esquecido, e o rei Helgé escalou até o cume rochoso com intenção de destruir as paredes arruinadas. A entrada estava bem trancada e, enquanto Helgé tentava avidamente abrir o portão carbonizado, de súbito uma imagem esculpida da divindade, bruscamente despertada de seu sono antigo, foi sacudida de seu nicho no alto.

A pesada estátua caiu na cabeça do intruso, e Helgé desabou no chão de pedra e nunca mais se mexeu.

Quando o templo finalmente foi consagrado ao culto de Balder, Frithiof ficou no altar esperando a chegada de sua noiva tão aguardada. Mas Halfdan cruzou primeiro o umbral, com passo hesitante que demonstrava receio de ser mal recebido. Ao perceber isso, Frithiof desafivelou a espada e caminhou francamente em direção a Halfdan com a mão estendida, ao que o rei, enrubescido de vergonha, apertou calorosamente a mão oferecida, e a partir daquele momento todas as diferenças entre eles foram esquecidas. Logo depois, Ingeborg se aproximou, e a renovada amizade por tanto tempo interrompida foi reforçada com a mão da noiva, que Halfdan entregou a seu novo irmão.

O umbral de cobre Halfdan transpõe,
Com pálidas feições
E olhar temeroso, avança lentamente
Na direção do inimigo temido longamente —
E, calado, a certa distância permanece, —
Até que Frithiof, com mãos céleres,
O terror das cotas, Angurvadal, da bainha
Desafivela, e apoia o escudo dourado

No altar, e assim se aproxima; —
Enquanto o inimigo acovardado
Ele assim aborda, com franca dignidade. —
"Mais nobre nesta vida é aquele
Que primeiro a mão direita estende
Em sinal de pacífica fraternidade!" —
Então Halfdan, coradíssimo, saca às pressas
A luva de ferro e — com gosto aperta —
A mão por tanto, tanto tempo afastada,
De seu inimigo querido, firme como um rochedo!

E quando os últimos votos profundos
De aliança e bênção soaram;
Eis Ingeborg, adornada, que entra
Em traje de noiva, e coberta
De belo arminho, por donzelas
Seguida lentamente, como nos céus
As fileiras de estrelas guardam a lua rainha! —
Mas os belos olhos da jovem noiva,
Aqueles céus azuis,
Logo se enchem de pranto,
E no peito do irmão ela trêmula afunda; —
Ele, com os temores da irmã
Comovido, a mão dela gentil na de Frithiof junta,
Seu fardo transferindo ao peito do herói,
Cuja fé se provara à altura da paz de Ingeborg.
FRITHIOF'S SAGA [SAGA DE FRITHIOF], ESAIAS TEGNÉR
(TRADUÇÃO DE G. STEPHENS)

capítulo

O crepúsculo dos deuses

XXVII

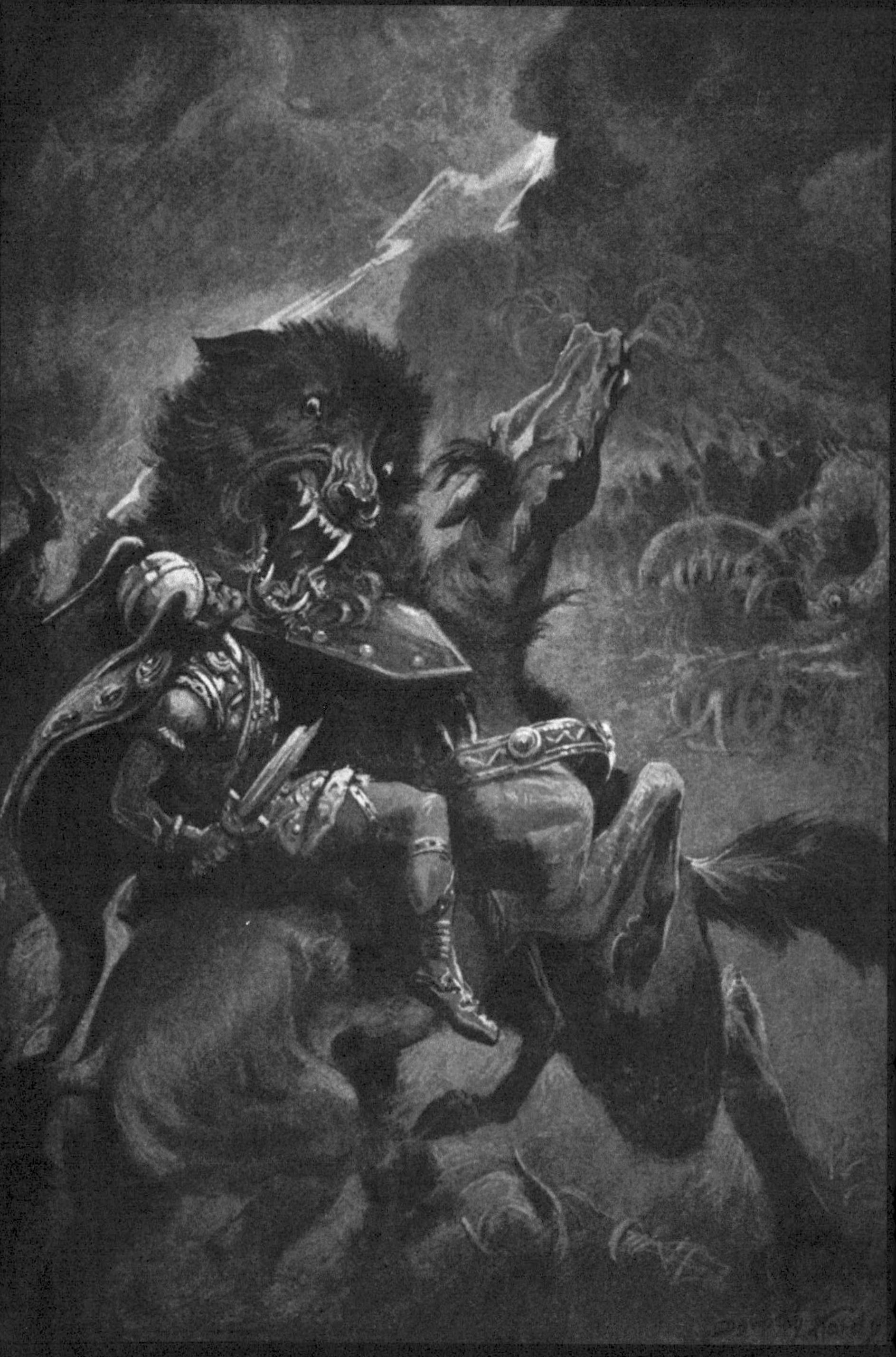

O declínio dos deuses

Uma das características da mitologia nórdica é o fato de o povo sempre ter acreditado que seus deuses pertenciam a uma raça finita. Os Aesir haviam tido um início; portanto, considerava-se, deveriam ter um fim. E como haviam nascido de uma mistura de elementos divinos e gigantescos, sendo assim imperfeitos, levavam dentro de si o germe da morte e estavam, como os homens, condenados a sofrer a morte física no intuito de atingirem a imortalidade espiritual.

Todo o esquema da mitologia nórdica era, portanto, um drama, cada passo levando pouco a pouco ao clímax ou a um final trágico, quando, com genuína justiça poética, o castigo e a recompensa seriam imparcialmente concedidos. Nos capítulos anteriores, a ascensão e o declínio graduais dos deuses foram traçados com cuidado. Recontamos como os Aesir toleraram a presença do mal, personificado por Loki, entre eles; como seguiram de forma inadvertida seus conselhos, permitiram que Loki os envolvesse em todo tipo de dificuldades, das quais só conseguiam se desvencilhar ao preço de parte de sua virtude ou de sua paz, e enfim deixaram que ele obtivesse tamanha ascendência sobre eles que Loki não teve escrúpulos de roubá-los de seu bem mais precioso: a pureza, ou a inocência, personificada por Balder, o Bom.

Tarde demais os deuses se deram conta da malignidade desse espírito que residia entre eles, e tarde demais baniram Loki para a terra, onde os homens, seguindo o exemplo dos deuses, ouviriam seus ensinamentos e seriam corrompidos por sua sinistra influência.

Irmãos matam irmãos;
Filhos de irmãs
Derramam o mesmo sangue.
Duro é o mundo;

IMAGEM
Odin e Fenrir
DOROTHY
HARDY

> *O pecado sensual torna-se imenso.*
> *Há eras da espada, do machado;*
> *Escudos se racham ao meio;*
> *Eras de tormenta, de morticínio;*
> *Até que o mundo caia morto,*
> *E o homem não mais poupe*
> *Ou tenha pena um do outro.*
>
> NORSE MYTHOLOGY [MITOLOGIA NÓRDICA], R.B. ANDERSON

Fimbulvetr

Vendo que o crime grassava e todo o bem havia sido banido da terra, os deuses perceberam que as profecias antigas estavam prestes a ser realizadas e que a sombra do Ragnarök, o crepúsculo ou ocaso dos deuses, já se projetava. Sol e Máni ficaram pálidos de pavor, e conduziram trêmulos suas carruagens pelos caminhos assinalados, olhando para trás com medo dos lobos que os perseguiam, que em breve os alcançariam e os devorariam; conforme seus sorrisos foram desaparecendo, a terra foi ficando triste e fria, e o terrível Fimbulvetr começou. Então, a neve caiu dos quatro cantos do mundo ao mesmo tempo, os ventos fustigantes varreram desde o norte, e toda a terra se cobriu de uma grossa camada de gelo.

> *Soturno Fimbul ruge, e mundo afora*
> *Tempestades de vento e neve se arrojam;*
> *O sonoro mar icebergs esfacela,*
> *E sua espuma congelada expele,*
> *Até o topo das altas montanhas;*
> *Nenhum ar quente*
> *Nem a beleza contente*
> *Da luz suave, delicada, estival,*
> *Temperava a pavorosa noite glacial.*
>
> VALHALLA, J.C. JONES

Esse inverno severo durou três estações inteiras sem intervalo e foi seguido por três outros igualmente severos, durante os quais a alegria sumiu da terra e os crimes dos homens aumentaram com temerária rapidez. Enquanto isso, na luta generalizada pela vida, os últimos sentimentos de humanidade e compaixão desapareceram.

Os lobos libertos

Nos recessos escuros da floresta de ferro Jarnvidr, a giganta Jarnsaxa ou Angrboda diligentemente alimentava os lobos Hati, Skoll e Managarm, a progênie de Fenrir, com o tutano dos ossos de assassinos e adúlteros; e tamanha era a incidência desses crimes vis que os monstros quase insaciáveis nunca ficavam sem comida. Dia a dia, os lobos ganharam força para perseguir Sol e Máni, e enfim os alcançaram e os devoraram, inundando a terra com o sangue de suas mandíbulas gotejantes.

No leste, estava sentada a velha mulher, em Jarnvidr,
E ali ela alimentava a progênie de Fenrir;
Ele será o mais formidável de todos, ele
Que, sob a forma de um monstro, engolirá a lua.
"VÖLUSPÁ" (TRADUÇÃO INGLESA DE PFEIFFER)

Com essa terrível calamidade, a terra inteira estremeceu e se abalou, as estrelas, apavoradas, caíram de seus lugares, e Loki, Fenrir e Garm, renovando seus esforços, romperam suas correntes e se apressaram em obter vingança. Ao mesmo tempo, o dragão Nidhug roeu a raiz do freixo Yggdrasil, que tremeu até o galho mais alto; o galo vermelho Fialar, empoleirado no alto de Valhala, cantou alto em alarme, que foi na mesma hora ecoado por Gullinkambi, o galo de Midgard, e pelo pássaro vermelho-escuro de Hel, em Niflheim.

O galo dourado convoca
Os deuses de Valhala às armas;
O galo vermelho estridente a tudo intima
Na terra e em tudo abaixo.
VIKING TALES OF THE NORTH [CONTOS VIKINGS DO NORTE], R.B. ANDERSON

Heimdall soa o alarme

Heimdall, atento a esses presságios agourentos e ouvindo o grito estridente do galo, imediatamente levou o Gjallarhorn aos lábios e soprou o tão aguardado toque, que foi ouvido em todo o mundo. Ao primeiro som dessa convocação, os Aesir e os Einherjar se levantaram de seus assentos de ouro e saíram ousadamente do grande salão, armados para o combate próximo. Então, montando seus corcéis impacientes, eles galoparam pela tremeluzente ponte do arco-íris até a espaçosa campina de Vigrid, onde, como Vafthrudener havia previsto muito antes, a última batalha ocorreria.

Os terrores do mar

A terrível Serpente de Midgard, Jormungandr, havia sido despertada pelo distúrbio geral. Com imensas contorções e comoções, que ergueram nos mares imensas ondas, como jamais antes perturbaram as profundezas do oceano, rastejou pela terra e apressou-se em se dirigir ao pavoroso combate, no qual ela desempenharia um papel proeminente.

> *Em ira gigante, a Serpente lançou*
> *Os mares, até que livre das correntes,*
> *Ela se ergueu na espumante torrente;*
> *Sob os açoites de seu rabo, o mar,*
> *Alto como a montanha, comeu a terra;*
> *Então, atravessando enlouquecida as ondas,*
> *Despejando espuma sangrenta como granizo,*
> *Destilando peçonha, exalando venenosas,*
> *Fétidas brumas fatídicas por toda a Terra,*
> *Em estrondoso avanço, ela chegou à praia.*
> VALHALLA, J.C. JONES

Uma dessas grandes ondas, erguidas pelas contorções de Jormungandr, levou à tona Naglfar, o barco fatal, que era construído inteiramente com as unhas de todos os mortos cujos parentes não cumpriram suas obrigações, deixando de aparar as unhas dos falecidos antes do funeral. Assim que esse barco veio à tona, Loki embarcou nele com a hoste cruel de Muspelheim e navegou com ousadia as águas agitadas até o local do conflito.

Não foi essa a única embarcação a se dirigir a Vigrid, contudo, pois outro barco saiu da névoa espessa e seguiu rumo ao norte, conduzido por Hrym. Nele, estavam todos os gigantes de gelo, armados até os dentes e ávidos por um conflito com os Aesir, a quem eles sempre detestaram.

Os terrores do submundo

Ao mesmo tempo, Hel, deusa da morte, usou de uma fresta na terra para sair de seu lar subterrâneo, seguida de perto por seu cão Garm, pelos malfeitores de seu reino desolado e pelo dragão Nidhug, que voou sobre os campos de batalha levando cadáveres em suas asas.

Assim que desembarcou, Loki deu boas-vindas alegres a esses reforços e, colocando-se à frente deles, marchou em grupo para o combate.

De repente, os céus foram rasgados ao meio e, através da brecha ardente, veio Surt a galope, com sua espada flamejante, seguido por seus filhos. Quando ele passava pela ponte Bifrost, com intenção de atacar Asgard, o glorioso arco se rompeu com estrondo sob os cascos de seus cavalos.

> *Descendo pelos campos do ar,*
> *Com belas armaduras a brilhar,*
> *Em ordem de batalha,*
> *Correram soltando chamas*
> *Dos cascos céleres.*
> *Liderando o bando luzente, ia Surtur,*
> *Em meio às fileiras furiosas de fogo rubro.*
> VALHALLA, J.C. JONES

Os deuses bem sabiam que seu fim estava próximo, e que sua fraqueza e falta de presciência os colocaram em grande desvantagem. Afinal, Odin só tinha um olho, Tyr, apenas uma mão, e Frey só dispunha de um chifre de veado para se defender, em vez de sua espada invencível. Não obstante, os Aesir não exibiram sinal de desespero, mas, como genuínos deuses nórdicos da guerra, vestiram seus melhores trajes e cavalgaram para o campo de batalha decididos a vender suas vidas pelo mais alto preço possível.

Enquanto eles estavam reunindo suas forças, Odin mais uma vez desceu a galope até a fonte Urdar, onde, embaixo do tombado freixo Yggdrasil, as Nornas estavam sentadas com seus rostos velados e em obstinado silêncio, a teia desfeita a seus pés. Mais uma vez, o pai dos deuses sussurrou uma comunicação misteriosa a Mimir, e depois disso montou em Sleipnir e voltou para seu exército, que o aguardava.

A grande batalha

Os combatentes estavam então reunidos na vasta planície de Vigrid. De um lado, perfilavam-se os rostos austeros, serenos, dos Aesir, Vanas e Einherjar. De outro, se reuniam as hostes variegadas de Surt, os soturnos gigantes de gelo, o exército pálido de Hel, Loki e seu séquito pavoroso, Garm, Fenrir e Jormungandr, estes dois últimos cuspindo fogo e fumaça e exalando nuvens de vapores tóxicos, mortíferos, que encheram todo o céu e a terra com seu hálito deletério.

> *Os anos se passam,*
> *As gerações mudam, a idade avança,*
> *E nos aproximam do dia final,*
> *Quando do sul marchará o bando feroz*
> *E cruzará a ponte do céu, com Loki à frente,*
> *E Fenrir logo atrás, rompida sua corrente;*
> *E desde o leste o gigante Rymer pilota*
> *Seu barco, e à terra vem a grande serpente;*
> *E na praça em chamas todos se apresentam*
> *Contra os Deuses, nas planícies do Céu.*
> BALDER DEAD [BALDER MORTO], MATTHEW ARNOLD

Todo o antagonismo contido durante eras então foi liberado em uma torrente de ódio, cada membro das hostes inimigas combatendo com sombria determinação, como faziam esses ancestrais nórdicos, lado a lado, face a face. Com poderoso estrondo, ouvido acima do fragor da batalha que enchia o universo, Odin e o lobo Fenrir entraram em impetuoso conflito, enquanto Thor atacava a Serpente de Midgard e Tyr se atracava com o cão Garm. Frey enfrentou Surt, Heimdall combateu Loki, a quem já derrotara uma vez antes, e o restante dos deuses e todos os Einherjar enfrentaram adversários igualmente dignos de sua coragem. Mas, apesar de seus treinamentos diários na morada celestial, a hoste de Valhala estava fadada a sucumbir, e Odin foi um dos primeiros dos luminosos a ser abatido. Nem mesmo a extrema coragem e os poderosos atributos do Pai de Todos foram capazes de deter a onda de maldade personificada no lobo Fenrir. A cada momento, a luta colossal adquiria proporções maiores, até que por fim a bocarra escancarada do lobo abarcou todo o espaço entre o céu e a terra, e o monstro imundo atacou enfurecido o pai dos deuses e o engoliu ousadamente em sua goela horrenda.

Fenrir com presa cruel há de
Massacrar o senhor de idade:
Vidar vingará sua queda,
E, matando o lobo desgrenhado,
Rachará a bocarra ensanguentada.
VAFTHRUDNI'S-MAL [DISCURSO DE VAFTRUDENER]
(TRADUÇÃO INGLESA DE W. TAYLOR)

Nenhum dos deuses podia ajudar o Pai de Todos naquele momento crítico, pois era uma situação de árdua provação para todos. Frey fez esforços heroicos, mas a espada brilhante de Surt desferiu-lhe um golpe fatal. Na luta contra o arqui-inimigo Loki, Heimdall se saiu melhor, mas sua vitória final custou caro, pois também ele acabou morrendo. O combate entre Tyr e Garm teve o mesmo desfecho trágico, e Thor, após um terrível confronto com a Serpente de Midgard e depois de matá-la com um golpe de Mjölnir, cambaleou nove passos para trás e se afogou no rio de veneno despejado da boca do monstro moribundo.

> *O filho de Odin ora vai*
> *Contra o monstro lutar;*
> *Veor de Midgard em fúria*
> *Matará o verme;*
> *Nove passos depois,*
> *O filho de Fiörgyn,*
> *Cairá junto à serpente*
> *A nenhum inimigo temente.*
> SÆMUND'S EDDA [EDDA DE SEMUNDO] (TRADUÇÃO INGLESA DE THORPE)

Vidar então chegou às pressas de uma parte remota da planície para vingar a morte de seu poderoso pai, e o destino previsto de Fenrir se realizou, pois sua mandíbula então sentiu o peso daquele calçado que havia sido reservado para aquele dia. Imediatamente, Vidar agarrou a arcada superior do lobo com as mãos e, com um puxão terrível, rasgou o lobo ao meio.

O fogo devorador

Os outros deuses que participaram da disputa, além de todos os Einherjar, havendo perecido, Surt de repente lançou seus monstros ferozes no céu, na terra e nos nove mundos de Hel. As labaredas furiosas envolveram o tronco imenso do freixo Yggdrasil, a Árvore do Mundo, e alcançou os palácios dourados dos deuses, que se consumiram por inteiro. A vegetação sobre a terra foi igualmente destruída, e o calor intenso fez todas as águas borbulharem e ferverem.

> *O fogo soprado assalta*
> *A árvore nutriz de tudo,*
> *O fogo altíssimo joga*
> *Contra o próprio céu.*
> SÆMUND'S EDDA [EDDA DE SEMUNDO] (TRADUÇÃO INGLESA DE THORPE)

A grande conflagração transcorreu ferozmente até que tudo foi consumido, quando a terra, enegrecida e ressecada, lentamente afundou sob as águas ferventes do mar. O Ragnarök de fato havia chegado;

a tragédia do mundo havia acabado, os atores divinos foram assassinados, e o caos parecia ter retomado seu predomínio de outrora. Mas como em uma peça, em que, depois que os atores principais são mortos e o pano cai, o público ainda espera que seus favoritos reapareçam para fazer uma reverência sob aplausos, os antigos povos nórdicos imaginaram que, todo o mal havendo perecido nas chamas de Surt, da ruína geral a bondade se ergueria, para retomar seu predomínio sobre a terra, e que alguns deuses voltariam a morar no céu para sempre.

Todo o mal
Morre ali morte sem fim, enquanto o bem se ergue
Daquele incêndio do mundo, enfim purificado,
A uma vida mais alta, melhor, mais nobre que a passada.
VIKING TALES OF THE NORTH [CONTOS VIKINGS DO NORTE],
R.B. ANDERSON

Regeneração

Os nórdicos acreditavam totalmente na regeneração e defendiam que, depois de certo período de tempo, a terra, purgada pelo fogo e purificada pela imersão no mar, se ergueria outra vez em toda a sua beleza intacta e voltaria a ser iluminada pelo Sol, cuja carruagem era conduzida por uma filha de Sol, nascida antes de o lobo ter devorado sua mãe. O novo astro do dia não era imperfeito, como o primeiro Sol havia sido, e seus raios não eram mais tão ardentes a ponto de ser necessário um escudo entre ele e a terra. Esses raios mais benéficos logo fizeram a terra renovar seu manto verde, e lhe trouxeram flores e frutos em abundância. Dois seres humanos, uma mulher, Lif, e um homem, Lifthrasir, então emergiram das profundezas de Hodmimir, a floresta de Mimir, onde se refugiaram quando Surt incendiou o mundo. Ali eles tinham mergulhado em um sono pacífico, inconscientes da destruição à sua volta, e se conservado nutridos pelo orvalho da manhã, até que ficou seguro para os dois se aventurarem fora da floresta, quando então eles se apoderaram da terra regenerada, que seus descendentes povoariam e sobre a qual eles teriam plenos poderes.

Haveremos de ver emergir
Do brilhante Oceano a nossos pés uma terra
Mais fresca e verde que a passada, com frutos
Espontâneos, e a semente do homem preservada,
Para depois viver em paz, como antes em guerra.
BALDER DEAD [BALDER MORTO], MATTHEW ARNOLD

Um novo céu

Todos os deuses que representavam as forças do desenvolvimento da Natureza foram assassinados no fatídico campo de Vigrid, mas Vali e Vidar, os emblemas das forças imperecíveis da Natureza, voltaram ao campo de Ida. Lá, foram encontrados por Modi e Magni, filhos de Thor, as personificações da força e da energia, que resgataram o martelo sagrado de seu pai da destruição total e o levaram o consigo.

Então a força de Vidar e Vali
Herda o reino vazio dos deuses;
O braço de Modi e o vigor de Magni
Portam a massa densa do martelo,
Herança de Thor, quando Thor caiu.
VAFTHRUDNI'S-MAL [DISCURSO DE VAFTRUDENER]
(TRADUÇÃO INGLESA DE W. TAYLOR)

Ali eles foram encontrados por Hoenir, não mais exilado entre os Vanas, que, enquanto forças desenvolvedoras, também haviam desaparecido para sempre. Das trevas do submundo, onde definhara por tanto tempo, ergueu-se o radiante Balder, ao lado de seu irmão Höder, com quem se reconciliara e com quem viveria em perfeita amizade e paz. O passado estava perdido para sempre, e as divindades sobreviventes poderiam se lembrar dele sem amargura. A lembrança de seus antigos companheiros era, no entanto, valiosa para eles, e muitas vezes os deuses voltavam a suas paisagens de outrora para se deixar levar por memórias felizes. Foi assim que, caminhando um dia pelo longo gramado em Ida, eles encontraram de novo os discos dourados que os Aesir costumavam jogar.

Haveremos de trilhar outra vez o campo querido
De Ida, e em meio à relva encontrar
Os discos dourados que jogávamos outrora;
E isso há de evocar a vida antiga
E o lazer dos Deuses, as sábias palavras
De Odin, prazeres de outros tempos.
BALDER DEAD [BALDER MORTO], MATTHEW ARNOLD

Quando o pequeno grupo de deuses se deparou melancolicamente com o local onde um dia existiram suas nobres moradas, eles se deram conta, para sua alegre surpresa, que Gimli, a mais alta morada celestial, não havia sido consumida, pois se erguia reluzente diante deles, com seu domo dourado refletindo o sol. Correndo para lá, eles descobriram, aumentando ainda mais sua felicidade, que o local se tornara refúgio de todos os virtuosos.

Em Gimli altíssimo,
Lá moram as hostes
Dos virtuosos,
Ali através das eras
Vive uma profunda alegria
LITERATURE AND ROMANCE OF NORTHERN EUROPE [LITERATURA E ROMANCE NORTE-EUROPEUS], MARY BOTHAM HOWITT

Poderoso demais para ser nomeado

Como os nórdicos que se estabeleceram na Islândia, e pelos quais nos chegou a mais completa exposição da fé odínica das Eddas e Sagas, não foram definitivamente convertidos até o século XI — embora tivessem tido contato com os cristãos durante seus ataques vikings, cerca de seis séculos antes —, é muito provável que os escaldos nórdicos tivessem alguma ideia a respeito das doutrinas cristãs e que esse conhecimento os tenha influenciado em certa medida, assim como colorido suas descrições do fim do mundo e da regeneração da terra. Talvez tenha sido também esse conhecimento difuso que os induziu a acrescentar à *Edda* um verso, que em geral se supõe ter sido uma interpolação, proclamando que outro Deus, poderoso demais para ser nomeado, surgiria para reinar sobre Gimli. Desse trono celestial, ele julgaria a humanidade, e separaria o mau do bom. Os maus seriam banidos para os horrores de Náströnd, enquanto os bons seriam transportados para o beatífico salão de Gimli, o Belo.

> *Então vem outro,*
> *Ainda mais poderoso.*
> *Mas Dele não ouso*
> *Dizer o nome.*
> *Poucos foram tão longe*
> *Quanto foi Odin*
> *Ao encontro do lobo.*
> LITERATURE AND ROMANCE OF NORTHERN EUROPE [LITERATURA E ROMANCE NORTE-EUROPEUS], MARY BOTHAM HOWITT

Havia duas outras mansões celestiais, no entanto; uma reservada aos anões e outra aos gigantes. Isso porque, como essas criaturas não tinham livre-arbítrio e apenas executavam cegamente os decretos do destino, não eram consideradas responsáveis por nenhum mal que causassem e, portanto, não eram merecedoras de castigo.

Dizia-se que os anões, governados por Sindre, ocupavam um salão nas montanhas de Nida, onde bebiam hidromel espumante. Já os gigantes se deleitavam no salão Brimer, situado na região de Okolnur (não fresca), pois a força do frio havia sido inteiramente aniquilada e não havia mais gelo

Diversos mitógrafos, é claro, tentaram explicar esses mitos. Alguns, como já relatamos, veem na história do Ragnarök a influência dos ensinamentos cristãos, e o consideram apenas uma versão bárbara do fim do mundo e da chegada do dia do juízo, quando um novo céu e uma nova terra surgirão, e todos os bons desfrutarão do êxtase eterno.

capítulo

Mitologias grega e nórdica:
uma comparação

XXIX

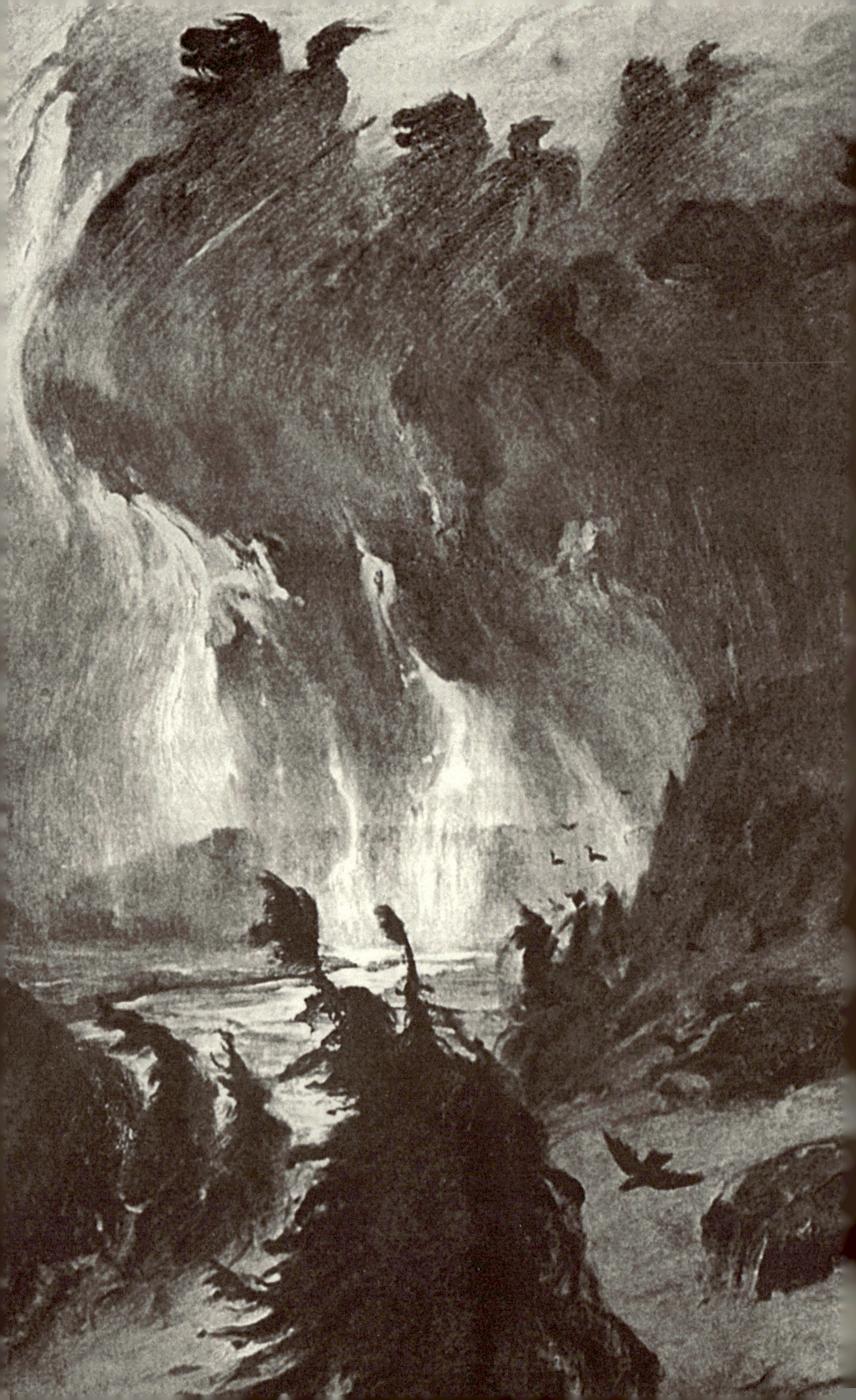

Mitologia comparada

Durante os últimos cinquenta anos, estudiosos de muitos países investigaram a filologia e a mitologia comparada tão exaustivamente que definiram, além de qualquer possibilidade de dúvida, "que o inglês, assim como todos os dialetos teutônicos continentais, pertencem à grande família de línguas que abrange, além do teutônico, o latim, o grego, o eslavo e o celta, as línguas orientais da Índia e da Pérsia". "Também foi provado que as diversas tribos que partiram do centro do continente para descobrir a Europa, no norte, e a Índia, no sul, levaram consigo não apenas uma língua, mas uma fé e uma mitologia comuns. Esses são fatos que podem ser ignorados, mas não contestados, e as ciências da gramática comparativa e mitologia comparativa, embora de origem recente, fundamentam-se em terreno tão firme e seguro quanto qualquer outra das ciência indutivas." "Por mais de mil anos, os moradores escandinavos da Noruega foram separados pela língua de seus parentes teutônicos do continente, e no entanto ambos preservaram não apenas o mesmo conjunto de histórias populares, como também as contam, em diversos casos, quase com as mesmas palavras."

Essa semelhança, tão forte nos primórdios da literatura de povos que habitavam regiões que apresentam aspecto físico muito similar e praticamente o mesmo clima, não é tão marcada quando comparamos os mitos nórdicos com mitos do caloroso Sul. Ainda assim, não obstante o contraste entre Norte e Sul da Europa, onde esses mitos aos poucos amadureceram e adquiriram pleno desenvolvimento, existe uma analogia entre as duas mitologias que mostra que as sementes de onde ambos nasceram eram, na origem, as mesmas.

Nos capítulos anteriores, o sistema nórdico da mitologia foi delineado com a maior clareza possível, e o significado físico dos mitos foi explicado. Agora tentaremos destacar as semelhanças da mitologia

IMAGEM
A cavalgada das Valquírias
H. HENDRICH

nórdica com a de outros povos arianos, comparando-a com a grega, com a qual, no entanto, ela não se parece tanto quanto a oriental.

É, evidentemente, impossível em uma obra como esta fazer mais do que mencionar os muitos pontos semelhantes nas histórias que formam a base dessas religiões. Isso, porém, já será o bastante para demonstrar, até para os mais céticos, que elas devem ter sido idênticas em algum período remoto demais para determinarmos hoje com certeza.

O início das coisas

Os povos nórdicos, assim como os gregos, imaginavam que o mundo havia surgido do caos. Enquanto os gregos descreviam o caos como uma massa informe e vaporosa, os nórdicos, influenciados por seu ambiente imediato, descreviam-no como um caos de fogo e gelo — uma combinação bastante compreensível para qualquer um que tenha visitado a Islândia e visto o contraste natural e peculiar entre o solo vulcânico, os gêiseres jorrando e os grandes icebergs que cercam a terra durante a longa e escura estação invernal.

Desses elementos opostos, fogo e gelo, nasceram as primeiras divindades, que, como os primeiros deuses dos gregos, eram gigantescas em estatura e exibiam uma aparência rústica. Ymir, o imenso gigante de gelo, e seus descendentes são comparáveis aos titãs, que também eram forças elementais da natureza, personificações do fogo subterrâneo. Além disso, depois de algum tempo de reinado, ambos foram obrigados a ceder diante de uma perfeição maior. Após um combate feroz pela supremacia, todos eles se viram derrotados e banidos para regiões remotas, respectivamente, o Tártaro e Jotunheim.

A tríade Odin, Vili e Vé, do mito nórdico, é a contrapartida exata de Júpiter, Netuno e Plutão, que, superiores às forças titânicas, reinam supremos sobre o mundo em seu lugar. Na mitologia grega, os deuses, que também são parentes uns dos outros, decidem morar no Olimpo, onde constroem palácios dourados para si; na mitologia nórdica, os conquistadores divinos se mudam para Asgard e lá constroem moradas similares.

Cosmogonia

A cosmogonia nórdica não era diferente da grega, pois os nórdicos imaginavam que a terra, Mannheim, era inteiramente cercada pelo mar, no fundo do qual ficava enrolada a imensa Serpente de Midgard, mordendo o próprio rabo; e era perfeitamente natural que, vendo as ondas tempestuosas batendo em seus litorais, eles imaginassem que fossem causadas por seus movimentos convulsivos. Os gregos, que também imaginavam a terra cercada e dividida por um poderoso rio chamado Oceano, descreviam-no como fluindo com "uma corrente constante, uniforme", pois em geral eles contemplavam mares serenos e ensolarados. Niflheim, a região nórdica do frio e da neblina perpétuos, tem exata contrapartida na região ao norte dos Hiperbóreos, onde plumas (neve) pairavam continuamente no ar e onde Hércules perseguiu a corça de Cerineia até uma nevasca, antes de conseguir capturá-la e amarrá-la.

Os fenômenos do céu

Como os gregos, os povos nórdicos acreditavam que a terra foi criada primeiro e que a abóbada dos céus foi feita depois para sombreá-la por inteiro. Eles também imaginavam que o sol e a lua eram conduzidos diariamente através do céu em carruagens puxadas por corcéis impetuosos. A donzela Sol, portanto, corresponde a Hélios, Hipérion, Febo ou Apolo, enquanto Máni, Lua, era a contrapartida exata de Febe, Diana ou Cíntia. Devido à peculiaridade linguística nórdica, que torna sol feminino e lua masculino, a lua é representada por um deus, enquanto o sol, por uma donzela.

Os escaldos nórdicos, que pensavam ver formas rampantes de corcéis de crinas brancas nas nuvens em movimento, e o luzir de lâminas na luz lampejante da aurora boreal, diziam que as Valquírias, ou donzelas guerreiras, galopavam pelo céu. Os gregos, por sua vez, viam nos mesmos fenômenos naturais as vacas brancas de Apolo cuidadas por Faetusa e Lampécia.

Quando o orvalho caía das nuvens, os poetas nórdicos declaravam que gotejava das crinas dos cavalos das Valquírias, enquanto os gregos, que observavam que o orvalho durava mais nos bosques, identificavam-no com Dafne e Prócris, cujos nomes derivam da palavra sânscrita que significa "borrifar", e que são mortas por seus amantes, Apolo e Céfalo, personificações do sol.

A terra era considerada, no Norte e no Sul, uma divindade feminina, a mãe protetora de todas as coisas; e apenas devido à diferença climática a mitologia do Norte, onde as pessoas eram diariamente obrigadas a conquistar o direito de viver por meio de uma luta braçal com a natureza, representava-a dura e congelada como Rinda, enquanto os gregos a encarnavam na calorosa deusa Deméter. Os gregos acreditavam que os ventos frios do inverno vinham do Norte, e os povos nórdicos, além disso, acrescentavam que esses ventos eram produzidos pelo bater das asas de Hræsvelgr, o gigante em plumas de águia.

Os anões, ou elfos escuros, criados da carne de Ymir, eram como os criados de Plutão, no sentido de que jamais deixavam o domínio subterrâneo. Lá, também buscavam metais preciosos, que fundiam e moldavam em sofisticados ornamentos, como os que Vulcano concedia aos deuses, e em armas que ninguém era capaz de deformar ou danificar. Quanto aos elfos luminosos, que viviam acima do chão e cuidavam de plantas, árvores e rios, eles eram evidentemente os equivalentes nórdicos das ninfas, dríades, oréades e hamadríades, que povoavam as matas, os vales e fontes da antiga Grécia.

Júpiter e Odin

Júpiter, como Odin, era o pai dos deuses, deus da vitória e personificação do universo. Hlidskialf, o alto trono do Pai de Todos, não era menos elevado que o Olimpo ou Ida, de onde o Trovejador podia observar tudo o que acontecia; e a invencível lança Gungnir de Odin inspirava tanto terror quanto os raios brandidos por seu protótipo grego. As divindades nórdicas se banqueteavam continuamente de hidromel e carne de javali, a bebida e a carne mais adequadas aos habitantes de um clima nórdico, enquanto os deuses do Olimpo preferiam néctar e ambrosia, que constituíam seu único sustento.

Doze Aesir sentavam-se no salão do conselho de Odin para deliberar sobre as medidas mais sábias para o governo do mundo e dos homens, e um número igual de deuses se reunia no pico nebuloso do monte

Olimpo com propósito similar. A Idade de Ouro da Grécia foi um período de felicidade idílica, entre bosques sempre floridos e céus amenos e balsâmicos, enquanto a era extática nórdica foi também um tempo em que a paz e a inocência floresceu na terra, e quando o mal ainda era inteiramente desconhecido.

A criação do homem

Usando os materiais disponíveis, os gregos moldaram suas primeiras imagens em argila; portanto, naturalmente imaginavam que Prometeu tivesse feito o homem a partir dessa substância, quando lhe pediram para fabricar uma criatura que só fosse inferior aos deuses. Como as estátuas nórdicas eram esculpidas em madeira, os povos nórdicos inferiam que Odin, Vili e Vé (que aqui correspondem a Prometeu, Epimeteu e Minerva, os três criadores do homem) haviam feito o primeiro casal humano, Ask e Embla, a partir de blocos de madeira.

A cabra Heidrun, que fornecia o hidromel celestial, é como Amalteia, a cabra que amamentou Júpiter, e o agitado e intrigante Ratatosk é equivalente à gralha branca como a neve na história de Corônis, que foi transformada em gralha preta como castigo por sua tagarelice. A águia de Júpiter tem sua contrapartida nos corvos Hugin e Munin, ou nos lobos Geri e Freki, sempre deitados aos pés de Odin.

Nornas e Moiras

A grande semelhança entre a nórdica Örlög e as deusas gregas do destino, cujos decretos os próprios deuses eram obrigados a respeitar, e as igualmente poderosas Nornas e Moiras, é óbvia demais para precisarmos destacar, enquanto os Vanas são contrapartidas de Netuno e outras divindades oceânicas. A grande disputa entre os Vanas e os Aesir é basicamente outra versão da disputa entre Júpiter e Netuno pela supremacia no mundo. Assim como Júpiter obriga seu irmão a ceder diante de sua autoridade, também os Aesir permanecem senhores de tudo, mas não se recusam a continuar dividindo seu poder com os adversários derrotados, que assim se tornam seus aliados e amigos.

Como Júpiter, Odin é sempre descrito como um homem majestoso, de meia-idade, e ambos os deuses são considerados progenitores divinos de dinastias reais, pois enquanto os heráclidas reivindicavam Júpiter como pai, os inglingos, escildingos etc. defendem que Odin foi o fundador de suas famílias. Os juramentos mais solenes eram feitos diante da lança de Odin, assim como junto ao escabelo de Júpiter, e ambos os deuses gozavam de uma variedade de nomes, todos descritivos dos vários aspectos de sua natureza e de seu culto.

Odin, como Júpiter, costumava visitar a terra disfarçado para avaliar as intenções hospitaleiras da humanidade, como na história de Geirröth e Agnar, que lembra a de Filêmon e Báucis. O objetivo era encorajar a hospitalidade, portanto, nas duas histórias, aqueles que mostravam inclinações humanas são ricamente recompensados. No mito nórdico, a lição é reforçada pelo castigo infligido a Geirröth, pois os escaldos acreditavam na justiça poética e garantiam que ela fosse concedida com rigor.

A disputa entre Odin e Vafthrudener tem seu paralelo nos mitos gregos na rivalidade musical de Apolo e Mársias, ou no teste de habilidade entre Minerva e Aracné. Odin também se parecia com Apolo, como deus da eloquência e da poesia; era capaz de conquistar todos os corações com sua voz divina. E o deus nórdico ensinou aos mortais o uso das runas, enquanto o deus grego Mercúrio introduziu o alfabeto.

Mitos das estações

O desaparecimento de Odin, o sol ou o verão, e a consequente desolação de Frigga, a terra, é basicamente uma versão diferente dos mitos de Perséfone e Adônis. Quando Perséfone e Adônis vão embora, a terra (Deméter ou Vênus) lamenta amargamente sua ausência e recusa qualquer consolo. Apenas quando eles voltam do exílio, ela se despe de seus trajes de luto e melancolia e se veste outra vez com todas as suas joias. Assim, Frigga e Freya lamentam a ausência de seus maridos Odin e Odur, e permanecem duras e frias até a volta deles. A esposa de Odin, Saga, deusa da história, que vivia em Sokvabek, onde havia o "rio do tempo e dos acontecimentos", tomando nota de tudo o que via, é como Clio, a musa da história, assistida por Apolo junto à fonte inspiradora do monte Hélicon.

Assim como, segundo Evêmero, houve um Zeus histórico, enterrado em Creta, onde sua sepultura ainda pode ser encontrada, houve também um Odin histórico, cujo monte funerário se ergue perto de Uppsala. Lá, existiu outrora o maior templo nórdico, e havia um imenso carvalho que rivalizava com a famosa árvore de Dodona.

Frigga e Juno

Frigga, como Juno, era uma personificação da atmosfera, além de ser a padroeira do casamento, do amor conjugal e maternal e a deusa dos partos. Ela também é representada como uma mulher bela, altiva, que apreciava seus adornos; e sua criada especial, Gná, rivaliza com Íris na rapidez com que executa os pedidos de sua senhora. Juno tem controle pleno das nuvens, que pode dispersar com um movimento da mão, e Frigga supostamente tece as nuvens com o fio que ela mesma fia em sua roca cravejada de joias.

Na mitologia grega, encontramos muitos exemplos do modo como Juno procura ser mais sagaz que Júpiter. Não faltam histórias similares nos mitos nórdicos. Juno conquista a posse de Io, apesar da relutância do marido em cedê-la, e Frigga astuciosamente garante a vitória dos Vinilos na Saga dos Longobardos. A ira de Odin quando Frigga roubou o ouro de sua estátua é equivalente ao desgosto conjugal de Júpiter com o ciúme de Juno e sua interferência na Guerra de Troia. Na história de Gefion e do modo inteligente como ela conseguiu obter terras de Gylfi para formar seu reino da Zelândia, temos uma reprodução da história de Dido, que por um estratagema obteve a terra em que fundou a cidade de Cartago. Nos dois relatos, os bois entram em cena, pois, enquanto no mito nórdico esses musculosos animais arrastam a terra mar adentro, no outro a pele de um boi cortada em tiras serve para definir a quantidade de terras da rainha.

Mitos musicais

O Flautista de Hamelin, que era capaz de atrair todas as criaturas vivas com sua música, é como Orfeu ou Anfíon, cujas liras tinham esse mesmo poder. Já Odin, como líder condutor dos mortos, é a contrapartida do Mercúrio Psicopompo, ambos personificações do vento, em cujas asas, dizia-se, as almas desencarnadas flutuavam para fora da esfera mortal.

O confiável Eckhardt, que preferiu salvar Tannhäuser e impedi-lo de se expor aos encantamentos das feiticeiras, em Hörselberg, é como o grego Mentor, que não só acompanhou Telêmaco, mas também lhe deu bons conselhos e instruções sábias e ajudou a resgatar Ulisses das mãos de Calipso.

Thor e os deuses gregos

Thor, o deus nórdico do trovão, tem muitos pontos de semelhança com Júpiter. Ele porta o martelo Mjölnir, emblema nórdico do raio mortal, e, como Júpiter, usa-o livremente no combate contra os gigantes. Em seu rápido crescimento, Thor lembra Mercúrio, pois enquanto o nórdico poucas horas depois de nascer brinca de atirar longe vários fardos de peles, o grego rouba as vacas de Apolo antes de completar um dia de vida. Em força física, Thor parece Hércules, que também deu sinais precoces de vigor incomum ao estrangular as serpentes enviadas para matá-lo ainda no berço, e que mais tarde se divertiria atacando e derrotando gigantes e monstros. Hércules se passou por mulher e fiou para agradar Ônfale, a rainha da Lídia, e Thor assumiu trajes de mulher na visita a Thrym, para recuperar seu martelo, que havia sido enterrado a oito braças de profundidade. O martelo, seu principal atributo, era usado com muitos propósitos sagrados. Ele consagrava a pira funerária e o rito do matrimônio, e os marcos fincados na terra por um martelo eram considerados sagrados entre os povos nórdicos, assim como as Hermas ou estátuas de Mercúrio, cuja remoção podia ser punida com a morte.

A esposa de Thor, Sif, com seus luxuriantes cabelos dourados, é, como já vimos, um emblema da terra, e seu cabelo, de sua rica vegetação. O roubo dessas tranças por Loki é equivalente ao rapto de Perséfone por Plutão. Para recuperar os cachos dourados, Loki deve visitar os anões (os empregados de Plutão), engatinhando por passagens baixas do mundo subterrâneo; assim também Mercúrio deve procurar Perséfone no Hades.

A mutuca que impede Júpiter de recuperar a posse de Io, depois que Mercúrio mata Argo, reaparece no mito nórdico para picar Brok e impedir a fabricação do anel mágico Draupnir, que é meramente uma contrapartida das tranças de Sif, pois as tranças representam também os frutos da terra. A mutuca continua atormentando o anão durante a criação do javali de cerdas douradas de Frey, protótipo da carruagem dourada do sol de Apolo, e acaba impedindo a formação perfeita do cabo do martelo de Thor.

O barco mágico Skidbladnir, também fabricado pelos anões, é como a nau veloz Argo, uma personificação das nuvens em movimento no céu. E, como se dizia que Skidbladnir era grande o suficiente para acomodar todos os deuses, também Argo levaria todos os heróis gregos até as terras remotas da Cólquida.

Os germânicos, ao nomear os dias da semana de acordo com seus deuses, como os romanos haviam feito, deram o nome de Thor ao dia de Jove, e assim se fez o atual *Thursday*, a quinta-feira.

A luta de Thor contra Hrungnir é paralela à luta entre Hércules e Caco ou Anteu. Groa, a seu turno, é evidentemente Deméter, pois também ela lamenta a ausência do filho Orvandil (Perséfone), e começa uma canção alegre quando fica sabendo que ele voltará.

Magni, filho de Thor, que com três horas de vida exibe força maravilhosa ao erguer a perna de Hrungnir de cima de seu pai caído, também nos lembra o pequeno Hércules. O apetite voraz de Thor no banquete de casamento de Thrym tem paralelo na primeira refeição de Mercúrio, que consistiu de duas vacas inteiras.

A travessia do caudaloso rio Veimer por Thor nos lembra a proeza de Jasão quando vadeou através da correnteza em seu caminho para visitar o tirano Pélias e recuperar a posse do trono de seu pai.

O colar maravilhoso usado por Frigga e por Freya para enfatizar seus encantos é como o *cestus* ou cinturão de Vênus, que Juno pegou emprestado para subjugar seu senhor. Trata-se, como as tranças de Sif e o anel Draupnir, de um emblema da vegetação luxuriante ou das estrelas que brilham no firmamento.

O deus nórdico da espada, Tyr, é, evidentemente, o deus grego da guerra, Ares, com quem se parece tanto que seu nome é dado ao dia da semana consagrado a Ares, até hoje conhecido como *Tuesday*, ou dia de Tiu, a terça-feira. Como Ares, Tyr era ruidoso e valente; sempre destemido, adorava o fragor da batalha. Apenas ele ousou provocar o lobo Fenrir; e o provérbio meridional sobre Cila e Caríbdis tem sua contrapartida no adágio nórdico "se soltar de Læding e desvencilhar de Droma".[1] O lobo Fenrir, também personificação do fogo subterrâneo, fica preso, como seus protótipos, os titãs, que não podem sair do Tártaro.

A similaridade entre o harpista Bragi, gentil e amante da música, e Apolo ou Orfeu é muito grande; assim como a semelhança entre a bebida mágica Odhroerir e as águas do Hélicon, ambas supostamente inspiradoras para poetas mortais e imortais. Odin se disfarça com plumas de águia para conseguir levar consigo o precioso hidromel, e Júpiter se vale de disfarce semelhante para raptar Ganimedes, seu copeiro.

Iduna, como Adônis e Perséfone, ou ainda mais como Eurídice, é também uma bela personificação da primavera. Ela é capturada pelo cruel gigante de gelo Thiassi, que representa o javali que matou Adônis, o raptor de Perséfone, ou a serpente venenosa que picou Eurídice. Iduna fica detida por muito tempo em Jotunheim (Hades), onde se esquece de toda sua alegria, seu jeito brincalhão, e torna-se pesarosa e pálida. Ela não é capaz de voltar sozinha a Asgard e, apenas quando Loki (agora emblema do vento do Sul) vai resgatá-la, transformando-a em uma noz ou uma andorinha, consegue escapar. Ela nos lembra Perséfone e Adônis escoltados de volta à terra por Mercúrio (deus do vento), ou de Eurídice, atraída para fora do Hades pelo som doce da harpa de Orfeu, que também era simbólico do sussurro do vento.

Iduna e Eurídice

O mito da queda de Iduna do alto de Yggdrasil nas profundezas escuras de Niflheim, embora possa ser explicado e comparado com a história acima, é ainda mais relacionado à história de Orfeu e Eurídice, pois Orfeu, como Bragi, não pode existir sem a esposa, a quem segue até mesmo ao escuro domínio da morte; sem ela, suas canções se silenciam. A pele de lobo em que Iduna é envolvida é típica das nevascas pesadas das regiões nórdicas, que preservam as raízes tenras da influência destrutiva do extremo frio do inverno.

---

1. Estar entre Cila e Caríbdis significa se ver diante de uma dificuldade, estar "entre a cruz e a espada". Sobre a aproximação desta expressão com a máxima nórdica, ver a p. 115 do volume 1. (N.E.)

Skadi e Diana

Njord, o Vana, deus dos mares ensolarados do verão, tem sua contrapartida em Netuno e mais especialmente em Nereu, a personificação do oceano profundo, calmo e aprazível. A esposa de Njord, Skadi, é a caçadora nórdica; ela portanto se parece com Diana. Assim como ela, Skadi porta um cesto cheio de flechas e um arco, que segura com consumada habilidade. Seu vestido curto lhe permite a máxima liberdade de movimento, e também ela costuma estar acompanhada de um cão de caça.

A história da transferência dos olhos de Thiassi para o firmamento, onde eles brilham como estrelas, lembra-nos de muitos mitos estelares gregos, em especial o dos olhos do gigante Argos Panoptes, sempre vigilantes, de Órion e seu cinturão cravejado de joias, e seu cão Sirius, todos transformados em estrelas pelos deuses, para apaziguar deusas furiosas. As cabriolas de Loki para arrancar um sorriso da irada Skadi são consideradas equivalentes dos lampejos tremeluzentes das tempestades de raios que ele personificava no Norte, enquanto Estéropes, o ciclope, tipificava-os entre os gregos.

Frey e Apolo

Deus nórdico do raio de sol e das chuvas de verão, o caloroso Frey, possui muitos aspectos em comum com Apolo. Como ele, é belo e jovem, monta um javali de cerdas douradas que corresponde ao conceito nórdico dos raios de sol, ou percorre o céu em uma carruagem dourada, que nos lembra da reluzente carruagem de Apolo.

Frey tem também algumas características do gentil Zéfiro, pois também ele espalha flores em seu caminho. Seu cavalo, Blodughofi, não é diferente do Pégaso, o corcel favorito de Apolo, pois é capaz de atravessar fogo e água com facilidade e velocidade.

Fro, como Odin e Júpiter, é também identificado com um rei humano, e seu monte funerário fica ao lado do de Odin, perto de Uppsala. Seu reinado foi tão feliz que foi chamado de Era de Ouro, e ele portanto nos lembra Saturno, que, exilado na terra, reinou sobre o povo da Itália e garantiu-lhe prosperidade similar.

Freya e Vênus

Gerda, a bela donzela, é como Vênus e também como Atalanta; difícil de ser cortejada e conquistada, como a donzela de pés velozes, mas enfim cede e se torna uma esposa feliz, assim como Vênus. As maçãs douradas com que Skirnir tenta suborná-la nos lembram do fruto dourado que Hipomene lança no caminho de Atalanta, e que a faz se atrasar na corrida.

Freya, a deusa da juventude, do amor e da beleza, como Vênus, nasceu do mar, pois é filha do deus do mar, Njord. Vênus nutria grande afeição pelo deus da guerra e pelo beligerante Anquises, enquanto Freya costuma vestir o traje de Valquíria e cavalgar rapidamente até a terra para tomar parte em combates mortais e levar embora os heróis mortos para um banquete em seu salão celestial. Assim como Vênus, ela se delicia com oferendas de frutos e flores, e ouve de bom grado os pedidos dos amantes. Freya também parece com Minerva, pois usa um elmo e uma couraça peitoral e, como a grega, é conhecida pelos belos olhos azuis.

Odur e Adônis

Odur, marido de Freya, é como Adônis, e, quando ele a abandona, ela também derrama inúmeras lágrimas, que, em seu caso, transformam-se em ouro, enquanto as lágrimas de Vênus se transformam em anêmonas, e as das Helíades, pranteando Faetonte, viram âmbar, que parece ouro em cor e consistência. Assim como Vênus se alegra com a volta de Adônis e toda a natureza floresce em solidariedade com sua alegria, também Freya fica em júbilo quando encontra o marido entre as flores do Sul. A carruagem de Vênus é puxada por pombas, e a de Freya é logo levada por gatos, que são emblemas do amor sensual, pois as pombas eram consideradas símbolos do amor mais terno. Freya aprecia a beleza e furiosamente recusa casar-se com Thrym, enquanto Vênus desdenha e por fim abandona Vulcano, com quem havia sido obrigada a se casar contra a vontade.

Os gregos representavam a Justiça como uma deusa de olhos vendados, com uma balança de pratos em uma das mãos e uma espada na outra, para indicar a imparcialidade e a fixidez de seus decretos.

A deidade correspondente no Norte era Forseti, que pacientemente escutava os dois lados de cada questão antes de promulgar sua sentença também imparcial e irrevogável.

Uller, o deus do inverno, parece Apolo e Órion apenas em seu amor pela caça, que ele persegue com ardor em todas as circunstâncias. Ele é o arqueiro nórdico, e sua habilidade é tão infalível quanto a dos deuses gregos.

Heimdall, como Argos Panoptes, era dotado de maravilhosa acuidade visual, que lhe permitia enxergar centenas de milhas tanto à noite quanto de dia. Seu chifre Gjallarhorn, que podia ser ouvido no mundo inteiro, proclamando a passagem dos deuses pela tremeluzente ponte Bifrost, era como a trombeta da deusa Fama. Como era relacionado às divindades aquáticas por parte de mãe, Heimdall era capaz, como Proteu, de assumir qualquer forma que quisesse, e fez bom uso de seu poder quando frustrou a tentativa de Loki de roubar o colar Brisingamen.

Hermod, o Veloz ou o Ágil, parece Mercúrio não apenas em sua maravilhosa celeridade de movimento. Ele também era o mensageiro dos deuses e, como a divindade grega, corria de um lado para outro, auxiliado não por um capacete e sandálias aladas, mas pelo cavalo Sleipnir de Odin, que apenas ele tinha permissão de montar. Em vez do caduceu, ele portava o cajado Gambantein. Questionou as Nornas e o mágico Rossthiof, através de quem soube que Vali viria a vingar seu irmão Balder e suplantar seu pai, Odin. Casos de consultas similares são encontrados na mitologia grega, na qual Júpiter queria se casar com Tétis, mas desistiu quando as Moiras previram que, se fizesse isso, ela seria mãe de um filho que superaria o pai em glória e fama.

O deus nórdico do silêncio, Vidar, possui certa semelhança com Hércules, pois enquanto este tinha apenas uma clava com que se defender contra o leão de Nimeia, a quem ele rasgou ao meio, Vidar conseguiu rasgar o lobo Fenrir no Ragnarök graças a um sapato poderoso.

Rinda e Dânae

O cortejo de Rinda por Odin nos lembra dos galanteios de Júpiter a Dânae, que é também um símbolo da terra; e enquanto a chuva de ouro no mito grego supostamente representa os raios de sol fertilizantes, o escalda-pés no mito nórdico tipifica o degelo da primavera que começa quando o sol vence a resistência da terra congelada. Perseu, filho dessa união, tem muitos pontos de semelhança com Vali, pois ele também é um vingador e mata os inimigos de sua mãe, assim como Vali destrói Höder, o assassino de Balder.

As Moiras presidiam os nascimentos na Grécia, e faziam previsões sobre o futuro das crianças, como faziam as Nornas; e a história de Meleagro tem inconfundível paralelo na história de Nornagesta. Alteia guarda um pedaço de carvão em brasa em um baú, Nornagesta esconde o toco de uma vela em sua harpa; e enquanto a mãe grega causa a morte do filho lançando o carvão no fogo, Nornagesta, compelido a acender o toco de vela por ordem de Olavo, morre quando a vela derrete e se apaga.

Hebe e as Valquírias eram copeiras do Olimpo e de Asgard. Elas eram personificações da juventude; e se Hebe se casou com o grande herói e semideus Hércules quando deixou de ocupar essa função, as Valquírias eram liberadas de suas tarefas quando se uniam a heróis como Helgi, Hakon, Völund ou Sigurd.

O labirinto de Creta tem sua contrapartida na islandesa Völundarhaus, e Völund e Dédalo ambos conseguem escapar de um labirinto com um par de asas inteligentemente projetadas, que lhes permitem voar em segurança acima da terra e do mar e fugir da tirania de seus respectivos senhores, Nidud e Minos. Völund parece Vulcano, também, no fato de ser um excelente ferreiro e fazer uso de seus talentos para executar sua vingança. Vulcano, que ficou manco na queda do Olimpo, negligenciado por Juno, com quem tentou fazer amizade, envia a ela um trono dourado dotado de molas que a envolvem e a prendem. Völund, que teve os tendões cortados por sugestão da rainha de Nidud, secretamente assassina os filhos dela, e com os olhos deles fabrica joias maravilhosas, que, desavisada, ela usa sobre o peito até que ele revela sua origem.

Mitos do mar

Assim como os gregos imaginavam que as tempestades eram efeito da ira de Netuno, também os povos nórdicos as atribuíam ora às contorções de Jormungandr, a Serpente de Midgard, ora à ira de Aegir, que, coroado com algas, como Netuno, costumava enviar suas filhas, as donzelas das ondas (a contrapartida das Nereidas e Oceânides), para brincar nas correntes. Netuno tinha sua morada nas cavernas de coral perto da ilha Eubeia, enquanto Aegir vivia em um palácio similar perto do estreito de Categate. Ali ele estava cercado por Nixes, Ondinas e sereias, a contrapartida das ninfas aquáticas gregas, e pelos deuses dos rios Reno, Elba e Neckar, que nos lembram de Alfeu e Peneu, deuses dos rios gregos.

A frequência dos naufrágios nas costas nórdicas fez o povo pensar em Ran (equivalente da deusa grega do mar, Anfitrite) como gananciosa e avarenta, e descrevê-la armada com uma rede, com a qual puxava todas as coisas para o fundo. As Sereias gregas tinham paralelo na Lorelei nórdica, que possuía o mesmo dom do canto e também atraía marinheiros para a morte; enquanto a princesa Ilse, que foi transformada em fonte, lembra-nos da ninfa Aretusa, que passou por transformação similar.

Na concepção nórdica de Niflheim, temos uma contrapartida quase exata do Hades grego. Mödgud, o guardião da ponte Giallar (a ponte da morte), sobre a qual todos os espíritos dos mortos devem passar, cobra um tributo de sangue com o mesmo rigor com que Caronte exige um óbulo de cada alma que ele atravessa sobre o Aqueronte, o rio da morte. O feroz cão Garm, escondido na caverna Gnipa, que vigia o portão de Hel, é como o monstro de três cabeças Cérbero; e os nove mundos de Niflheim não são diferentes das divisões do Hades, sendo Náströnd um equivalente adequado do Tártaro, onde os maus eram punidos com igual severidade.

Os costumes de queimar heróis mortos com suas armas e de sacrificar vítimas, como cavalos e cães, em sua pira, eram muito parecidos no Norte e no Sul. Enquanto Mors ou Tânato, a Morte grega, era representado com uma foice afiada, Hel era representada com uma vassoura ou um rastelo, que usava impiedosamente para executar a mesma tarefa.

Balder e Apolo

Balder, o deus radiante do raio de sol, lembra não apenas Apolo e Orfeu, mas todos os outros heróis de mitos solares. Sua esposa, Nanna, é como Flora, e ainda mais como Perséfone, pois também desce ao mundo subterrâneo, onde se demora por algum tempo. O salão dourado de Balder, Breidablik, é como o palácio de Apolo no oriente; ele também adora flores; todas as coisas sorriem quando ele se aproxima e, de bom grado, juram não lhe fazer mal. Assim como Aquiles era vulnerável apenas no calcanhar, também Balder só podia ser morto pelo inofensivo visgo, e sua morte é ocasionada pelo ciúme de Loki, assim como Hércules foi morto pelo ciúme de Dejanira. A pira funerária de Balder em *Ringhorn* nos lembra da morte de Hércules no Monte Eta, as chamas e o clarão avermelhado de ambos os fogos servindo para tipificar o sol poente. O deus nórdico do sol e do verão só podia ser libertado de Niflheim se todos os seres animados e inanimados derramassem lágrimas por ele; também Perséfone poderia sair do Hades apenas com a condição de que não ingerisse nenhum alimento. A recusa frívola de Thok em chorar uma única lágrima equivale às sementes de romã que Perséfone comeu, e o resultado é igualmente desastroso em ambos os casos, pois é o que retém Balder e Perséfone no submundo, e a terra (Frigga ou Deméter) deve continuar a lamentar sua ausência.

Através de Loki, o mal penetrou no mundo nórdico; o fogo dado por Prometeu acarretou a mesma maldição sobre os gregos. O castigo infligido pelos deuses aos culpados não é diferente, pois, enquanto Loki é preso com correntes adamantinas e torturado pelo gotejar contínuo de veneno das presas de uma serpente amarrada acima de sua cabeça, Prometeu é acorrentado de modo semelhante no Cáucaso, e um abutre voraz continuamente se alimenta de seu fígado. O castigo de Loki tem outra contrapartida no de Tício, amarrado no Hades, e no de Encélado, acorrentado embaixo do monte Etna, onde suas contorções produziam terremotos e suas imprecações causavam súbitas erupções do vulcão. Loki, além disso, parece Netuno também por ter assumido uma forma equina e ter sido pai de um maravilhoso corcel, pois Sleipnir rivaliza com Árion tanto em velocidade quanto em resistência.

O Fimbulvetr foi comparado à longa luta preliminar sob os muros de Troia, e o Ragnarök, grande desfecho dramático da mitologia nórdica, ao incêndio da famosa cidade. "Thor é Heitor; o lobo Fenrir é Pirro, filho de Aquiles, que matou Príamo (Odin); e Vidar, que sobrevive ao Ragnarök, é Eneias." A destruição do palácio de Príamo é o emblema da ruína dos salões dourados dos deuses; e os vorazes lobos Hati, Skoll e Managarm, demônios das trevas, são protótipos de Páris e todos os outros demônios das trevas, que raptam ou devoram a donzela solar Helena.

O Ragnarök e o Dilúvio

Segundo outra interpretação, contudo, o Ragnarök e a consequente submersão do mundo é fundamentalmente uma versão nórdica do Dilúvio. Os sobreviventes, Lif e Lifthrasir, como Deucalião e Pirra, seriam destinados a repovoar o mundo; e assim como apenas o santuário de Delfos resistiu ao poder destrutivo do grande cataclisma, também Gimli permaneceu radiante para receber os deuses sobreviventes.

Gigantes e titãs

Já vimos a semelhança entre os gigantes nórdicos e os titãs. Só resta mencionar que, enquanto os gregos imaginavam que Atlas havia sido transformado em montanha, os nórdicos acreditavam que a Riesengebirge, na Alemanha, era formada a partir de gigantes, e que as avalanches que desciam das alturas eram blocos de neve que esses gigantes impacientes sacudiam de suas reentrâncias quando mudavam de posição. A aparição, em forma de touro, de um dos gigantes aquáticos, que foi cortejar a rainha dos francos, tem paralelo na história de Júpiter cortejando Europa, e Meroveu é evidentemente a exata contrapartida de Sarpedão. Uma semelhança discreta pode ser traçada entre o gigantesco barco Mannigfual e o Argo, pois enquanto um navegou pelo mar Egeu e pelo mar Negro, tornando muitos lugares memoráveis pelos perigos ali encontrados, também a nau nórdica navegou pelo mar do Norte e pelo mar Báltico, e é mencionada em associação à ilha de Bornholm e aos penhascos de Dover.

Enquanto os gregos imaginavam que Pesadelos eram sonhos maus que escapavam da Caverna de Somno, o povo nórdico imaginava que eram anãs ou trolls femininos, que se esgueiravam dos escuros recessos da terra para atormentá-los. Dizia-se que todas as armas mágicas do Norte eram obra dos anões, os ferreiros subterrâneos, enquanto as dos gregos eram fabricadas por Vulcano e os Ciclopes, embaixo do monte Etna ou na ilha de Lemnos.

A Saga dos Volsungos

No mito de Sigurd, encontramos Odin caolho como os Ciclopes, que, como Odin, são personificações do sol. Sigurd é instruído por Gripir, o cavalariço, que é reminiscente de Quíron, o centauro. Ele não só é capaz de ensinar ao jovem herói tudo o que ele precisa saber, e de lhe dar bons conselhos sobre sua conduta futura, como também é dotado do dom da profecia.

A espada maravilhosa que se torna propriedade de Sigmund e de Sigurd assim que eles se provam dignos de portá-la, e a espada Angurvadal que Frithiof herda de seu senhor, lembram a espada que Egeu escondeu embaixo de uma pedra e de que Teseu se apossou assim que se tornou homem-feito. Sigurd, como Teseu, Perseu e Jasão, busca vingar os agravos sofridos pelo pai, antes de partir em busca do tesouro dourado, a exata contrapartida do velo de ouro, que também é protegido por um dragão e muito difícil de obter. Como todos os deuses e heróis gregos solares, Sigurd tem cabelos dourados e olhos azuis muito claros. Sua luta contra Fafnir nos lembra do combate de Apolo contra Píton, enquanto o anel Andvaranaut pode ser associado ao cinturão de Vênus, e a maldição associada ao possuidor é como a tragédia de Helena, que acarretou um derramamento de sangue infinito de todos conectados a ela.

Sigurd não poderia ter derrotado Fafnir sem a espada mágica, assim como os gregos não conseguiriam tomar Troia sem as flechas de Filoctetes, que são também emblemas dos raios de sol que a tudo conquistam. A recuperação do tesouro roubado é como o resgate de Helena por Menelau, e aparentemente traz tão pouca felicidade a Sigurd quanto a esposa infiel trouxe ao rei espartano.

Brunhilda

Brunhilda se parece com Minerva pelo gosto marcial, pela aparência física e pela sabedoria; mas sua raiva e seu ressentimento quando Sigurd a esquece por causa de Gudrun é como a ira de Enone, a quem Páris abandona para cortejar Helena. A raiva de Brunhilda continua acompanhando Sigurd ao longo da vida, e ela chega a tramar a morte dele, enquanto Enone, quando lhe mandam curar seu amante ferido, recusa-se a fazê-lo e permite que ele morra. Enone e Brunhilda são ambas tomadas pelo mesmo sentimento de remorso quando seus amantes dão o último suspiro, e ambas insistem em dividir suas piras funerárias, e acabar suas vidas ao lado daqueles que amaram.

Mitos solares

Contendo toda uma série de mitos solares, a *Saga dos Volsungos* se repete a cada etapa; e assim como Ariadne, abandonada pelo herói solar Teseu, acaba se casando com Baco, também Gudrun, quando Sigurd parte, casa-se com Atli, o rei dos hunos. Ele também termina a vida entre as chamas de seu palácio ou barco incendiado. Gunnar, como Orfeu ou Anfíon, toca acordes tão maravilhosos em sua harpa que até as serpentes são embaladas e adormecem. Segundo algumas interpretações, Atli é como Fafnir e cobiça a posse do ouro. Ambos são, portanto, provavelmente personificações "da nuvem invernal que paira e impede aos mortais o ouro da luz do sol e do calor, até que na primavera o astro brilhante supera as forças das trevas e das tempestades, e espalha seu ouro pela face da terra".

Svanhild, filha de Sigurd, é outra personificação do sol, como se vê em seus olhos azuis e cabelos dourados. Sua morte sob os cascos de corcéis negros representa o bloqueio do sol pelas nuvens da tempestade ou da escuridão.

Assim como Castor e Pólux se apressam em salvar a irmã, Helena, quando ela é levada embora por Teseu, também os irmãos de Svanhild, Erp, Hamdir e Sorli, correm para vingar sua morte.

Esses são os principais pontos de semelhança entre as mitologias do Norte e do Sul. A analogia prossegue o bastante para provar que elas foram originalmente formadas a partir dos mesmos materiais, as principais diferenças se devendo aos tons locais transmitidos inconscientemente por diferentes povos.

DIREÇÃO EDITORIAL
Daniele Cajueiro

EDITORA RESPONSÁVEL
Ana Carla Sousa

PRODUÇÃO EDITORIAL
Adriana Torres
Mariana Bard
Mariana Oliveira

REVISÃO DE TRADUÇÃO
Beatriz D'Oliveira

REVISÃO
Laura Folgueira

**CAPA, PROJETO GRÁFICO
DE MIOLO E DIAGRAMAÇÃO**
Estúdio Versalete

Este livro foi impresso em 2021
para a Nova Fronteira.